ЕУФОРИЈА
И ПАД КИШНИХ КАПИ

~

МИНИЈАТУРЕ

ЕУФОРИЈА
И ПАД КИШНИХ КАПИ

~

МИНИЈАТУРЕ

Владимир Радовановић

Globland Books

ЕУФОРИЈА

и пад кишних капи

ЗАХВАЛНИЦА
Братиславу Симовићу са породицом

Чему наслов?

„Зашто све мора да има оправдање? Посебно у свету који је препун глупости, где је све изопачено и изврнуто, представљено за догму”, гласно је шапутао Себастијан, испијајући попут пустињака из празне и суве чаше.

Одједном, пожелео је да испари, попут капљица на врелини и гле чуда, просторија препуна ничега и никога, постала је тесна за ваздух који ју је испуњавао. Хитро, попут муње, у парадоксалној журби, учини свој први корак, спуштајући се низ покидане степенике, испуцале од времена векова.

Био је сигуран, апсолутно самоуверен, у циљ који није ни наслућивао. Као ветар пројури, нестварно брзо препешачи неколико корака, не осећајући да је прошло скоро сат времена. Толико је радостан, да су му сузе изобличиле лице од бола, та туга која га је кидала била је радост, узвишена срећа и занос...

Само неколико дана пре, у времену које је по његовим мерилима трајало вековима, сломљен и болестан, није ни наслућивао да ће доживети усхићење, а сада горке сузе, помешане са јецајима. Стежући усне, понижен, сломљен, осећао је победу.

***

Мрак, да мрак, јер он постоји само у мерилима људским, гушио га је, али као савезник, прикривао је све наведене глупости. Дубоко скривен, у најдубљем подруму отвореног и голог простора, употпуњавао се смисао бесмисла, клецао је, посустајао, није имао снаге, а само је желео...

***

„Зар не постоји дрво са крошњом, ма колико да се зима надвила над насеобином, препуном празнине? Зар не постоји лишће које је издржало све кише, ветрове и... Зар не постоји? Не, не знам шта тражим?” Храбрио је честице своје светлости која се једва назирала. Тражио је дубоки бунар, празан, без воде, да урликне, да све одјекује, да неко, од мноштва чује глас. Каква глупост! Глас да неко, у ничему, чује...

***

Било је рано јутро, тада, када... нико, нико, није...

Уобичајено вече, дан и јутро

Сасвим лагано, без и најмање журбе, шутирао је каменчић, као какав путоказ стазом. Баш ништа посебно. Сасвим обично и сасвим неважно. Да ли? Под светлошћу маглене месечине, помислио је овог тренутка, да тамо негде где је дан и топло пријатно време, баш овог тренутка умире неки, нека. Последњи пут гледају сунце живота и ускоро, одлазе заувек.

„Тамо је јутро”, помисли са озбиљношћу. „Тамо се рађа нови живот, у некој сиромашној породици. Овог тренутка, разливају се осмеси, раздрагани гласови, радост, срећа...”

„Како је чудно”, уздахну, кроз маглу јесење вечери. „А ја, ја тражим смисао сопственог живота, у котрљању каменчића, које померам сигурно педесетак метара. Мени је празно вече у магли, а...”

Блицало је зелено светло семафора, последњи знак, да је за прелаз остало, још неколико тренутака. Не, у последњем тренутку, предомислио се и наставио даље десном страном булевара.

„Сада”, прошапута, „сигуран сам, тамо негде, некакви заверени, са пушкама кују план да... Тамо негде на југу, они се спремају за озбиљну утакмицу, а...”

Заћуташе његове мисли. У тренутку, звук мисли угасио се као последњи пламичак. Наставио је да хода. Шутирао је каменчић, газио...

Убиства зверских обличја

Тежак је био сан. Неколико везаних ноћи и јутара исцрпили су га до те мере да је те вечери, четврте вечери која је плесала по његовим мислима, сломљен. Једноставно пао, заспао и спавао. Умор није силазио са лица у полумраку, умор помешан са бесом, зачињен најтежим жељама.

Ходао је, био му је познат иако стран. Сећао га се, али никада није њиме ходао. Била је то измишљена земља, измишљен град, лик осликан маштом. Све је било нешто што не постоји. Дрвеће из кога се корење гранало ка небу. Куће са вратима тик изнад последњих црепова, вода по којој је ходао. Асфалт му је скривао лице. Време је пролазило тромо и лагано. Сваки поглед на часовник истезао је његово лице у болну гримасу, која је са нестрпљењем пожуривала сат.

Није знао тачно одредиште овог пута. Негде на једној тачки заста, под углом јутарњег светла, укрстиће се светло и мрак и биће знак...

Несигурно улазећи кроз разваљена врата скоро порушене зграде, ту у близини старе напуштене станице, скривао је десну руку, баш као да нешто драгоцено крије. Јаук, јаук, јаук... Не, то нису били гласови људи, нису били ни крици познатих животиња, то су били... Корак по корак, тупи ударци низали су се у складном интервалу, са њима су нестајали крици, настајала је тишина и одједном, апсолутни мир завлада. Ћутала је пала кућа, ћутала је напуштена станица, ћутао је мрак који је нестајао, као и јутро које се будило. Све је ћутало. Осенчена сенка, прекривена бакарним јутарњим сунцем, брисала је капи са чела, подизала поглед и...

Јутарње вести... Масакр у... Убијено је... Нечувен злочин... УБИСТВА? Зверска обличја?

Тестамент и потпис

Журим, трчим корак испред пуцња, инфаркта, гушења или било ког тркача смрти. Завршавам ужурбано, у грчу, оставштину глупости и јада, да је неко не украде. Ево, прецизно и нечитко, са здравим разумом у лудилу, пишем последње редове. Још само ово, још ову ситницу, огромни залог мога лудила. Ништа не сме бити изостављено, ни једна тачка, запета, ускличник. Ово је мој залог и не дам га недовршеног.

Прескочио сам прве редове. Шта то детињство, осим немог посматрања има да изговори? Низове слика? Скице за портрете старијих, који су невешто скривали своје јаде и туге? Њихове извештачене осмехе и лажне изразе среће, кроз кипуће очи? Не, ове редове прескачем и остављам празне, нека их неко ко има више лажне среће, испише.

Ево, овде почиње тестамент. Овде на врхунцу најлепшег и најзрелијег доба, у касним двадесетим или раним тридесетим, а не како говоре када белина прекрије ум, оснежи га и исцрта бразде по портрету.

Тада је крај, тада се ускаче у замке заборава у истргнуте странице.

Дневник је исписан.

Уместо потписа сведочиће странице изливене искрености.

Т(егоба) М(анија)

Да ли је могуће да тренутак највеће среће буде наслоњен на највећу тугу, да експлодира скоро у исто време? Манични страх и жудња, бацали су га и вртели изнад тела које је немирно спавало. Андреј М. спавао је мирно и лебдео у бездану море. Можда није прошао ни читав сат када се његово, полубудно око, слепило са казаљкама. Или се у коми сна већ дуго борио да удахне тренутак изгубљеног живота.

Сећање, та слатка, успављујућа превара, са повезом око ока и ланцима на рукама, водила га је кроз мрачни тунел, озидан у старини, кроз изгубљене дане, месеце, године, деценије. Иза сваких врата, руинираних, нагрижених временом и пуним трулежи, чинило му се, кроз повез, остала је једна жеља, страст, нада. Иза сваких врата, поклон за птицу или вилу, нетакнут, распадао се под трулежи изгубљеног времена, које није пролазило. Можда су биле замке, мамци? Не, он није саздан од преваре, али ко то зна сем њега? Нико, баш нико.

Нада, та фикција усађена у ум, која извире сјајем кроз очи, гасила се. Једва да је тињала, као што и он, окован, слеп, гасио се, вртећи се у лавиринту. Ходао је и никуда није стизао. Био је тужан, био је сам, био је...

У одаји, где се чека последњи тренутак, са рукама спремним на предају, ишчекивао је своју сенку да дође до њега. Да дође и каже му: „Сада је крај, узалуд си ћутао, ишчекивао, надао се.

Сада је крај јер у обести и празнини, тебе нико није видео, нико те се није сећао. Узалуд сви кораци, узалуд додири руку, око тебе су само влажни зидови, мирис буђи и..."

Привијала се умиљато, желела је да воли. И он је желео да воли њу... Заборавио је сопствени лик и празнину облика који је чинио. Желео ју је. Да, нека му се последњи пут догоди. Само је желео. Мирис буђи зидова, одјеци усамљених корака у лавиринту, надјачали су као адске силе, њену лепоту. Гледао ју је, док се пола лица осликава у повезу. Волео је, мрзео себе и отишао је. Низ улицу, низ стазу тамне стране месеца...

Нешто га је будило, звук, блештање екрана. Она је. Није мислио, био је сигуран да је она. Феникс, лабуд, она...

Слојеви прашине

Желео бих да напишем нешто. Писмо, сувише је мало, нешто више, не могу, тешко ми је да покренем оловку, баш као што ми је тешко да будем ЈА. Тешко ми је када немам могућност да се скривам иза стварних људи и измишљених догађаја. Или обрнуто, сасвим свеједно.

Присуство некога, узнемири оног другог саговорника, који посматра очи, покрете... Није истина. Невидљиво присуство тешко је, претешко бреме. Слободан си лажно, а истинито гледајући, пред падом си сујете у замци.

***

Не знам колико је прошло од тренутка, када сам измислио разлог да устанем, да не наставим, отишао по цигарете, ипак се вратио... Обилазио око стола, крајичком ока посматрао папир, бежао из угла у угао сопствене неслободе, плакао, смејао се, правдао и...

Признајем, на корак сам од предаје. Слутиш ти, познајеш разлоге моје гордости. Све желим да ти признам. Да сам нико, ништа, најгори од свих који су ходали, удисали ваздух, најгори сам од свих који су уживали у сунцу и свој лепоти. Баш ја, незаслужено... Тешко ми је. На сваку своју помисао пљунем себи у лице, ти нежније обришеш отров. Најтеже ми је што нећеш, да ми саопштиш сурово да сам гад. Што не желиш да ме осудиш и по кратком поступку пошаљеш пред строј. Боли ме, највише твој осмех...

***

Решио сам да ти ове ноћи кажем. Не могу то као човек, већ као кукавица. Бришем слојеве прашине где су избледела слова, где се јасно не назире мој... Решио сам, да ове ноћи пре него што...

Силуета, опсесија и радост бола

Викторов сан није био у уобичајено време. Презирао је рутину. Ни у младости није волео шаблоне, а у годинама у којима је, ни стар да нестане, ни превише млад да јуриша на ветрењаче. Само се скривао, не из страха, већ из потребе да не испарава сваког тренутка, у празним покретима бујице глупости. У њему је живео Он и једна Силуета. Познавао ју је, одувек, мада је никада није сусрео. Она је живела у његовој соби, мислима, страстима. Увек га је пратила, невидљива и опојно заносна.

Неко би рекао да га је опсесија сустизала из дана у дан, из године у годину, све јаче, али Виктор је само страсно веровао, његово лице које није видео, зрачило је, увек, при помисли на њу. Знао је да није он тај који у очима слепих пада, он се сваким кораком приближава и још само...

Није осећао уједе ситних демона, који су му се као вреле куглице забадале у леђа. Није падао, а и ако би посрнуо снажније би хитао кроз мрак. Није признавао пораз. Јаког уверења и снажне посустале воље, гледао је у силуету коју није могао видети, али мирис, опојни мирис сливао би се са врелином лета или мразем ноћи, свеједно.

Викторов сан био је живописан, стварни сан, који је сањао у децембарској ноћи. Знао је, те вечери хаотичне утваре нису плесале по соби. Није се знојио, није се трзао, осећао је мир и блаженство. Помисли, без мисли, свести: „Где су сви они јадници са оловним куглама у очним дупљама, где су да виде моју Силуету? Недостојни су да буду у сенци Силуете.” Осећао је да лебди, плеше заносно и ужива у опојном мирису. Осећа њу и зна да ће он, ове вечери, када се јава оконча или можда започне сан, отпловити као боца, у други сан, или онај свет за којим чезне. Вечерас је крај. Мора бити крај да би се догодио почетак, са њом. Држећи је за руку, ходаће иза Силуете, бити њена сенка...

Нико, баш нико, није видео завршни чин. Мрак као у зазиданој соби, није пропуштао ни трачак светла... Чинило се да сенка плеше по зиду носећи њу... У мрачној, маглом обавијеној ноћи, две звездице, можда и не, пловиле су. Сенка која, чинило се да силно замахује крилима, на њој као светло... стајала је... Звездица, или...

Сенке у кишним ноћима

Често одсутан, у шетњи, за кафанским столом, одсутан од себе, у сопственим лутањима, живео је. Име, потпуно неважно, баш као и године, статус, било шта лично. Није био број, није био ни било ко посебно важан. Једноставно, био је име и безиме, све и ништа. Постојао је у данима који су се налазили у календарима, у годинама у којима је старио, у препешаченим стазама, у одсутним погледима, а највише у неизговореним речима.

Један „случајни” догађај, пробудио је благи осећај несигурности. Скоро да се сударио на улазу зграде у којој је живео са... Једноставно, као да је одскочио при проласку. Није себи објаснио зашто сасвим обичан сусрет који се догоди, било где и било када, али мирис невоље данима је носио, у шалу, јакни, ноздрвама, погледу. Учинио се себи, параноичан, покушавајући да разложно убеди себе да то је варка, да стари, а са годинама поприма страх, непознат младости.

Логично, помислио је, сасвим је логично да је нелогичан у параноји. Што пре, удахнувши, што пре мора спрати измишљени мирис и бити оно што јесте. Наставити следеће дане, као што су били.

Наставили су се мирни дани, успорени дани и он је успавано живео као и мали град покривен снегом. Ништа се није дешавало, осим смена дана и ноћи и тако поновљени низови.

Можда неколико дана пред Божић, по леденој киши, благо загрејан вином, пажљиво је корачао гледајући кроз замагљене наочари испред, пратећи стазу од утабаних корака, свеже угажених, који су били путоказ.

Одједном осети неку нелагоду, неку потмулу слабост тела, застајући, трљајући очи, у нади да ће тренутна слабост одлетети. Стајао је, минут, неколико минута, можда и више од десетак минута, укопан у месту... И оно мало попијеног вина као да је испарило, као... Учини му се познат мирис, лебди око њега. Препознатљив је, баш као што пажљив мушкарац и у тами препознаје мирис тела баш те жене...

Покушавао је, из све снаге, да се сети откуда тај мирис као облак око њега. Кишна сенка, поче мрмљати себи у браду. Све више и више, осећао је слабост. Чинило се да губи свест, понире...

Зраци зимског дана, који су будили собу у нереду пренули су га. Тешко је отварао очи, страхујући да... Последње чега се сећао, било је да је на неколико корака пред... заспао... Чинило му се да га је... Кишна сенка... понављао је у себи... тај мирис...

Све(ништа)

Сваког дана, у тачно време, без реда, дешавало се све-ништа. У јутарњим сатима који су отварали дан, у подне и с почетком вечери. Све-ништа је започињало дан, са надом, као и свакога јутра. Плес светлости у милионима тачака плесао је низ зидове, у подне, после истрошеног јутра, без тачки које су се распршиле. Сваке вечери, невидљиве тачке, скривене иза повеза, бежале су у рупице зидова... И тако, из дана у дан, из седмице у седмицу, са понеким блеском муње, која се звала, нада, светлост и тачке у плесу.

Две тачке, биле су посебне, имале су белег означености, сјај ока, или су биле сузе, можда капи... Све-ништа живело је са јутарњом надом, подневним замором и тугом мрака. Туга је била силнија, када би се смењивала ноћ са поноћи. Туга недостајања била је очајничка, у поноћ када би се светла преливала у потпуну таму.

Све-ништа најтеже је подносило празнину облика зимских ноћи, које би под теретом ситних капи са неба, бивале мучније. Блесак, пролећних дана враћао би нешто, што се могло назвати... По линијама изрезбареног лица, понекад, сливала се вода сунца и ништа више, само се сливала и нестајала.

Све-ништа суштину никада није мењало, мењала се форма. Све-ништа живело је у облицима неисказаних обећања. Са прегршти наде, све-ништа умирало је са сваким несталим зраком...

Све-ништа никада нико није видео. Оно није имало облик, јер у игри речи, ни речи нису постојале. Све-ништа је сваки пут умирало као што звезде се гасе...

Путовање између два портрета

У плесу јарких боја које су се преливале са стројем сивила, на бојном пољу платна, у кутку нерасветљених мисли, капци су поигравали по такту марша на његовом лицу. Стојећи урезана, ниједна линија кошчатог лица није се померала. Само капци су плесали, корачали, одајући живот на скамењеној кори урезаних линија, баш као да су путокази, слично линијама дланова.

У скривеном, никада откривеном кутку ума, само је стајао замишљени портрет, тек назначених линија, сав у црном. То је била... тачка последњег сусрета, недовршених речи, поздрава, патетични портрет, скарадан, посвета и ни линија даље. У дугом сну који је трајао попут недовршене клиничке смрти, требало је да покрет хитрог творца, само покрет, изобличи и доврши, преокрене патетични низ и ремек-делом покрета збрише...

Капци су били мирни, први пут од трагичног догађаја и путовања у смрт која никако да стигне. У првој одаји срца, запловила је рука на дуго путовање ка уму, да покретом руке пробуди... Над сивилом боја, издизали су се цветови јарких боја...

Пошиљка звана...

Нека непозната сенка, у униформи која је могла бити... завиривала је на једна, друга, трећа врата. Ту, поред трећих врата, кроз подеране завесе, тражила је...

„Некога тражите, младићу?”, зачу се глас. Окренувши се, стидљиво погледа старију жену која се кретала ка свом стану.

„Добар дан. Тражим Виктора... М... улица. Овде пише да је стан број 9, али ја видим...”

„Не постоји такав.” Као из топа, одсечно и јасно му одговори. „Као што видите, младићу овде не постоји... Чак ни тај дозидани прозор... Ви сте поштар?”, одједном, започе сасвим другу причу.

„Не, ја сам гласник. Поштар? Шта је то?”, збуњено је упита.

„Поштар, не знате шта је то поштар? То је... то је... не сећам се више, нешто лепо, знам да је то нешто лепо, али, опростите, заборавила сам. Године, моје дете... Само су речи остале урезане, а не сећам се шта значе... А шта, шта је то, за тог... како рече да се зове...”

„Ово је жеља! Дали су ми, да донесем ову жељу, то су ми јутрос рекли...”

„Он не постоји. Можда је некада постојао, чак ни ја се не сећам... Колико је сати?”

„Сат? Шта је то, не знам...”

„Кажеш, жеља, синко?! Чини се, да ти ниси из...”

Поноћни сонет

Те зоре било је предодређено да се пробуди рано, да јој се осмехне и пожели од њеног слабашног сунца...

Прескочио је буђење јутра, скривајући се као дете од непознатих чудовишта у тами, под простирку кроз коју нису пролазили зраци. Ни топлина није допирала, оковао је ивице залеђеним жељама бола, херметички затворен у папирном кавезу.

Избегао је прву јутарњу кафу, стежући слепоочнице, које су жуделе за топлим, тамним напитком. Све је чинио да и оне најмање радости, данас нестану. Дубоко у себи жудео је за олујом, мраком који ће прекрити светло. Скоро молитвено, тражио је помрачење Сунца, да му се још једна жеља испуни.

Кроз папирну, прозирну простирку, мрак поднева је светлео. Са радија, спикер је блебетао, или се њему чинило. У овом дану, на северној полулопти, у уоквиреном простору, на неко време угасиће се сјај, као да је наслутио.

Лењост и тежина лежања у згрченом облику, постајали су тешки, морао је невољно да устане... Сунчевих зрака није било, нису се видели, ни капци прозора иза прекривених ролетни. Само се чула, рапсодија олује. Помисли да је баш то тражио, и да му се, баш ето данас, у овом дану, испуњавају све жеље.

Ближила се поноћ. Уживајући сударао се са ветром који му је умивао лице. Сам у вртлогу олује која је неумољиво нападала град, он је био у заносу.

Усхићење га понесе тако силно да поче летети, храбро, уживајући. Док они стоје, скривени по собама плашећи се сопствених сенки...

Уживајући из фотеље, док је лагано пушио ко зна коју цигарету, као хедониста после обилне вечере, нетремице гледао је силу. Није била снажна као она што га је носила у лету, али још је јака, говорили су затворени прозори, угашене светиљке и његова срећа.

Више се није чуо звук моћи, чинило се да га сан будности можда обмањује, али ништа се није чуло, само...

Неки тихи глас који је продирао. Неки пријатан глас звезде, који је говорио. Чинило се да неки стихови, нежни, топли, скупљају страх, да пливају по ноћи без звезда. Можда неки сонет, нежан, можда нека...

Сан му се јави. У сну неки познат глас, успављујући рече да је принцеза југа, пловила и просипала звезде које су се рађале. Чини се из стихова... Рекао му је сан да она походи олује и просипа звезде само на...

Принцеза? Ко је тај срећник, ко је тај кога је одабрала у заспалој ноћи? Чинило се као да украси леда прекривају прозоре. Личили су на неке бисере или...

Помрачење црног Сунца

Сваке зоре будио се у приближно исто време. Никада после шест сати, само пре. И свакога дана, један исти ритуал, употпуњавао је у празнини која је чврсте бедеме подигла око њега и осталих. Он је видео да зид расте из дана у дан. На зид су постављани окови, решетке, бодљикава жица и на крају, то није било омеђено место. Никао је прави логор „слободе". Нико није примећивао ударце челичних врата, звуке зазидане тамнице, нико, скоро нико, он...? Он, луди профа, како су га погрдно називали у почетку, а сада све ређе, долазио би до свакога, у неком тренутку. Да ли у шетњи оивиченом слободом, у фабрици ланаца, или у ресторану буђкуриша. Долазио би, дрмусао их, причао им, молио их, претио им, али...

Ћутање је било снажно. Таква тишина вијугаве масе празнине, одјекивала је до последње тачке на хоризонту. Тамо где се сунце спушта у постељу, тамо где је крај света, тамо...

И та зора била је уобичајена. Кроз стегнуте капке, видео је сјај сунца. Миловали су га мириси заборављеног цвећа, али није желео да отвори очи, чак ни под претњом смрти. Дао је завет борбе себи, у шапутању под зидином кавеза. Давно некада дао је обећање да неће видети, светло мрачног сунца јер га не признаје.

Осети да га нека, не тако снажна рука дрмуса, али тишина је, тишина говори да нема никога испред. Поново, поново, поново...

„Старче”, зачу глас, „изгледа да су отишли?”

„Ко је отишао?”

„Наши заштитници. Хајде отвори очи, молим те. Само нас је неколико овде, али нико не уме да објасни, шта се догодило. Каже један, твојих година, да ти можда знаш. Молим те отвори очи.”

Неколико тренутака се двоумио, али глас који је чуо као да је пуштен из боце, слободан, као да лети...

Одједном, као да се будио из сна, лагано отварајући очи, играла су се нека деца, људи су плесали уз неку веселу музику, граја и радост пливали су... Учини му се рај, место блаженства... Није трљао очи, није га болео поглед, није осећао оловне капке, мирисао је... сунчеве зраке, будећи се у...

Нечујно гласна, тамне светлости... порука

Неки громки глас, далеког дана, изрекао је неизговорену реченицу. Снажно, у слепо око једној сенци. Слепо око које је чекало глас, низало је непостојећом руком мозаик, по небеском своду. До тачке где је могао досегнути само корак хромог вука. Један посебан део, каменчић који је недостајао јер није постојала боја, коју је слепо око погледом тражило.

У ноћи пуног месеца, сјајној, јер светлела је тама, стигао је тренутак познате истине, непознатог одговора. Давно заборављеног гласа, који је био далек, да тамом засија порука по звезданом небу мрака.

Порука недозвољена, а жељена, она која је остала неизговорена у вагону препуном празнине, на станици у коју возови никада нису стизали.

Језиво, снажно, вапијуће, одзвањала је тишина док се пробијала кроз снежну вејавицу, јулске вечери, само да одзвања у уму...

(Не)очекивана смрт
мртвог тела

Виктор се тихо ушуњао у стан, баш као да је провалник. Лагано је закључавао браву осећајући се пријатно и ослобођено, после вишенедељног одсуства. Тихо се накашља да стави себи до знања, да је дошао.

Нико из собе није одговарао, али настави уобичајено, одлажући кофер, отварајући врата кухиње, поведен само за мирисом кафе, коју ће себи скувати, ритуално палећи, прву, па другу цигарету. Кроз неколико минута, опојни мирис кафе напросто је мамио Виктора да осмотри своју омиљену шољу, да је протрља обема рукама, а онда да са уживањем узме први гутљај који ће га окрепити. Уживао је у омиљеној полутами пригушеног светла посматрајући, добро познате делове града. Сваки нови сусрет са призорима кровова, лампиона, доносио је неки нови детаљ, нешто што је урезивао у своје срце.

Ове ноћи није баш све у рутини. Нова кафа, која би била уобичајена иза недовршене, није се кувала. Вечерас ће прескочити. Уморан је, неиспаван, неће свући ни одећу, само ће лећи и заспати.

Није укључио светло, али осетио је нешто необично у соби. Нешто му је говорило да, није све онако, како је оставио пре неколико седмица... Ништа се није назирало, све ствари стајале су, баш онако како их је оставио, али лежај је био нетакнут.

„Немогуће”, помисли, „овде сам оставио себе, у кревету, успавао сам се и отишао, а ја требало је да сачекам себе.”

Баш га је збунила, велика непријатност, осећао је нелагоду, забринутост. Поче тумарати по мраку, померајући столице, сто, отварајући фиоке, али ниједан траг ни знак није пронашао. Сада је бивао све збуњенији, био је уплашен, као да се налази у центру некакве игре, непријатне и мучне. И соба, добро позната соба, чинила се другачијом, као да је нека сила све испретурала и као да се нашао ко зна где. За неколико минута поче хватати параноични страх, па потрча ка вратима, али никуда даље. Поче махнито тражити кључ, али ни њега није било, ни у џепу, ни на полици где се уобичајено налазио... Све се заврте, као на вртешци, осети муку, лагано губећи снагу, свест...

Лежао је на поду, тога је прво био свестан, тог тренутка када се будио као из мамурлука, тешке главе и уморних очију. Никуда није могао да помери тело, само је тупо посматрао, ижврљани папирић у десној руци. Без наочара једва је назирао лоше исписане речи, с напором је гледао папир, преливен и упрљан неком бојом. Уз много муке, успео је да одгонетне речи. Неочекивана смрт је... Даље се није могло видети: „Чија смрт, какве су ово глупости?”, помисли напрежући се да протумачи даљи ток, али ништа... Само две речи, неки траг, знак за решење или...

Недоумица

У 1.38, прецизно стоји у извештају. У том тренутку, која бирократска глупост, констатована је тренутна смрт непознатог мушкарца, између 45 и 58 година, на углу између улица... и...

Непознати возач... аутомобила... таблице... стајао је блед, изгубљен, ослоњен на ауто. Ноге су му клецале, чинило се да губи снагу, док га је униформисано лице испитивало. Само је одмахивао главом, без снаге да било шта изговори, ни покрет руком није могао учинити, само складно померање главе, лево-десно, и тако изнова...

Крупан мушкарац, над непознатим телом, окретао је, подизао руке, ноге непознатог који је лежао, баш као да помера некакву врећу. Диктирао је нешто жени која је стајала поред и бележила... Чинило се да се завршава процес ко зна чега, да је при крају, још неколико стручних, прецизних реченица и крај. Вероватно је био љут, јер морао је да устане из кревета, да дође и обави све ово, као да све није могло да сачека јутро... Нервозно показа руком у правцу... и крај...

У полицијској станици, млађи полицајац, вероватно почетник, позивао је већ ко зна који пут, неки записани број на који се нико није јављао. Испред њега, на столу, стајало је неколико ствари, педантно поређане. Није се могло назрети шта су. Са рукавицама на рукама, вртео је неки предмет који је могао бити траг, али предмет изломљен који није могао да наговести шта представља...

Улице... и... биле су пусте, ниједно возило из било ког правца. Невреме које је задесило град као да је и реке отерало. У 1.12, он је прелазио улицу, био је одсутан, са мислима... Није био сигуран у своју одлуку или жељу. Да ли или... Туп ударац, шкрипа гума, експлозија нарушене тишине...

Лажни разлози

Топли септембар није дозвољавао, да се јесен назире. Последњи летњи месец личио је на почетак, а не на крај лета. И дани су се чинили дуги, баш као да се ишчекује најкраћа ноћ. Пријатно време, окупано сунцем, давало је живот, неку необичну снагу. Људи су били весели, ма колико да су их бриге мучиле, давали су себи одушка кроз шетње, дружења.

„Усрана, лажна идила, гомила која се осмехује, лаже себе, тобож правдајући се како челичи вољу, не дајући да је бриге сломе.” Љутито, бесно, озлојеђено Дамјан је са прозора посматрао микро свет, лажног макросвета. „Све те лажне њушке, опраће свој осмех, сести у фотеље и слепо зурити, хипнотисано у вести, чекајући да им се понове лажи од јуче, прекјуче, од пре пола године, као да и знају који је дан, као да знају по ко зна који пут гледају и упијају лажи.”

У бесном негодовању и свађи са светом изван, прекину га звоно телефона; једном, други, трећи пут неко упорно звони. „Мора да је она, знао сам...”, озари му се лице. Тај позив чекао је јако дуго, знао је да га није заборавила и да ће му вечерас...

„Ирена!”, радосно викну, скоро сигуран да ће са друге стране жице чути њен глас, али... какав шок! То не да није она, већ...

Тог тренутка срушио се сваки сан, сва нада ишчилила је из собе; све је горело без пламена и... Ништа није проговарао, минути су пролазили, цигарета за цигаретом горела је, а он...?

Гледао је у једну тачку, у белину која је одударала од боје зидова, гледао је у искривљени ексер, знак да ту...

Било је јутро, рано, мрачно; закључавао је врата, сада је сигуран у избор, одлази у омеђене зидове, умире да би се родио и крај... Окренуо се, иза леђа је остао звук звона, неко упоран ишчекивао је да му чује глас, али... он се није освртао. Сигурно је неко погрешан број окренуо, то није позив... он је изборио избор, прелазећи праг...

Круг

Претешки дани пуни влаге, ноћи без сна, дашка ветра, уз... бивали су неподношљиви. Највише што је желео из ноћи у ноћ било је да изађе из одеће, сопствене коже, да ослободи крила, да лети, да нестане. Окови су га притискали и стезали. Уз паклене температуре, из његовог полумртвог тела избијали су само бес и немоћ.

Тим ноћима, времену у самомучењу, једини смисао давала је једна звезда. С времена на време појавила би се у левом углу рама живе слике. Иза мреже прозора, свирала би неку пријатну музику као да брише прашину тегобе дана, нестајала и враћала се. Увек је сијала у левом углу. У тим вечерима он је знао да долази по њега, али зашто само у оквиру његовог рама, из погледа његове собе, зашто...?

Ослободивши се, почела му је шапутати, најпре тихо, као да се плаши црних ветрова таме месеца, али страх је нестајао, јер она је звезда. Није обична звезда, она је била девојка, живела је у... и остала би то да није... Не, није смела рећи истину о прогонству, довољно је да ће од сада сваке ноћи стајати у левом углу рама живе слике и...

Из ноћи у ноћ, чинило му се како је сваким новим сусретом ближа, можда на дохват руке, али да је не може дотаћи или... Причала му је да се не плаши, да ће она сваке ноћи долазити. Он неће остати сам, биће увек ту, крај њега и...

Са дужим ноћима, преливеним бојом јесени, чинила му се све блеђа стаза по небу. Не, није његов вид проблем, сигуран је да је нема. Помислио је, да, обећање, али... Обећање? Стазу су прекривале магле, кроз њих су пловили облаци. Сада, сигуран је, већ данима је није видео у левом углу живе слике. Није је видео! Круг...

Јутро налик ноћи

Добро је знао, да данас није никакав судбоносни дан; тај вероватни негативан одговор, није крај. У његове груди као да се излила вода безнађа, рушећи све. Чинило му се да не може да дише, да губи дах. Чинило се, ма колико себе храбрио да ништа није трагично, као дављеник се гуши.

...Баш како је слутио, догодило се да га није удостојио разговора, скоро да га је најурио из... оном простачком „пристојношћу". У себи је беснео, осећајући грижу савести зато што не слуша свој глас, већ тражећи оправдање, лажне изговоре, чинећи некоме уступак... доживљава да га још један у низу мајмунише, да му сирово демонстрира силу и моћ.

То су она јутра, она рана рађања дана која наговесте да ће ноћ, бити препуна скупљених горчина, пораза. Знао је он то добро, али није слушао, дубоки сопствени глас. У таквим данима најбоље је закључати се у сопствени кавез и не излазити. Али нешто демонско увек нас гони, на погрешне кораке. Ни то није проблем. Проблем настаје, када се изгуби јасна граница и када се дође на корак до...

Нервозно је окретао скоро испијену чашу, без јасне мисли куда. „Остати? На ту једну, надовезаће се још много пута по једна нова чаша, а онда? Онда, знајући себе, ко зна куда ће отићи бес нагомилан у само једном јутру."

Мада је живео сам, отезао је кораке, баш као да у овој игри жели да одложи крај, да одложи пораз данашњег дана, јер нема снаге да гледајући себе са друге стране стола, изговара објашњења и да се правда. Онај други он можда ће га, попут чопора вукова, напасти, тражити разлог да га растргну. У таквим моментима, наравно постоје милиони објашњења која су ирационална, али он ће увек пронаћи. Извући из шешира неко ново.

***

У вратима, стајало је писмо, вероватно поштоноша није имао куда са њим јер сандучић није постојао. Можда од ње, да од ње, од најважније и најдраже особе, а на њу је заборавио, није се сетио, док се вукао назад, изнервиран и празан. Она, то је њено писмо; помисли, бар нешто лепо, некакав зрак сунца, ОНА... На лицу се указа пријатан, нежан осмех...

„Десет је сати...”, пијаног изгледа, причао је себи, тешких покрета, патетичног, јадног изгледа, гужвао је папир у руци... Соба се све брже и брже вртела, стварајући мучнину, неконтролисана вртоглавица...

***

Скоро је поноћ... помало истрежњен седео је на клупи. Несносни бол помешаних пића, папир који није испуштао из руке, све то појачавало је нервозу... Седео је и чекао.

„Можда је око два”, такав осећај цедио је кроз зубе, спремајући се да... Одједном скоро бистре главе, сигурног корака, све брже и брже...

∗∗∗

Тело непознатог човека, које је лежало на стомаку, било је непомично. Око тела сливала се крв, правећи круг... Силина беса, није пружила ни трачак наде, ни најмању могућност. Лежало је и даље, тело, чекајући рађање јутра у смени мрака и светлости...

Између

Кроз замагљено прозорско стакло покушавао је да додирне кров... То је та кућа коју свакога јутра, са прозора, додирне погледом. Између два опушка цигарета, две незавршене шоље кафе, устане, прошета до прозора и између...

То нису јутра, дани, то су скривања између предаха, опхрваних бизарним садржајем. Између њих, у интервалима, одвијају се уздаси, погледи у неодређеном правцу, бесмислена надања у чудо, и погледи у кров куће број 3.

Зачуђујуће мирно, са пригушеним бесом, није подизао слушалицу, није се обазирао на звук звона с друге стране врата. С гађењем, ћутао је. Чинило се да му и лице постаје скамењено. Поново би, по нагону искривљене наде, прошетао до прозорског окна, благо померио завесу и погледао. Знао је да се између два путовања, она није појавила.

Није био љут на лажно обећање, слутио је да су оправдани разлози узрок. Само је осећао тугу. Није ни туга била олујна, гасила се. Сада је то сета, жал за изгубљеним тренутком, осећањем. Подигао би поглед, још једном покушао да дотакне кров и вратио се назад.

Између два опушка напола довршених цигарета, између две неиспијене кафе, кренуо је пут... Данима није прошетао до крова, али. Зачуђујуће, крова није било. Помислио је, да је преспавао године или... „Немогуће", шаптао је, убеђивао себе да не види, то што види.

Бука неке челичне грдосије, која је нешто рушила. Није било зидова, назирала се дубока рупа, између...

Знакови на углу улица мржње и беса

Има сигурно десетак година како је једна мучна страница Виктора Дисмаса затворена. Једноставно, стављена је тачка. Тог тренутка, кутија зла закључана је иза седам брава, везана ланцима и зазидана у подземном ходнику.

Подсвесно, знао је да свакога дана, мора понављати наредбу коју је себи задао, да никада више... Пролазиле су године, слике бледеле, само у ретким моментима силне знатижеље, помислио би да на тренутак отвори врата, прође ходником и крене. Убрзо кроз шамар ума, враћао би мисли и покорно као дете, склањао се.

Срећан није био, то себи није дозвољавао, а и несреће су га заобилазиле. Живео је свој обичан, мали живот, баш онакав какав је желео док се борио са демонима. Једина његова жеља у аветним ноћима, када су ројеви кидали тело и осећања, вриштали и сиктали, била је ова мала, велика срећа.

У чистој савести, опраног ума, читао би, радио би, спавао, али све више је бежао од људи. У почетку све је личило на замор тела, али стање параноичног страха и мржње, према свему изван зидова, бивало је све јаче. У исто време, неприметно, нешто се догађало са његовим телом, јер ако душа пати, тело не може бити срећно. Није обраћао пажњу на такво стање, олако би заборављао, али сваки следећи пут, бивало је све јасније.

Није то био бол, он га је лако подносио. Ово је било неко необјашњиво стање. Да је било ко тог тренутка га питао шта осећа, шта се то изнова враћа, он не би имао смислен одговор. На себи својствен начин покушавао је да извлачи срж, из разних књига, часописа, али ништа, никакав одговор. Болест није имала име, болест без бола и патње, раздирала га је. Бележио је догађаје, као школарац који води дневник, анализирајући штуре белешке. У неколико реченица, сагледавао је да се понавља, све понавља, сем редоследа речи које је низао и давао им вредност.

Те ноћи, зачудо, приметио је да се тресе, да му се читаво тело тресе као да је под струјом, и примети, заокружен месец како гледа у његову собу. Виктор је празно посматрао сјај месечине и не помишљајући да... Одједном бол се поче разливати по стомаку као бујица и осети да нелагода креће у другом правцу. Као да га испод вилице, у месо пробада стотине игала...

Чини се да је поноћ прошла. Нека сенка шетала се нервозно између две блиске тачке, у обличју две липе које стоје једна поред друге. У тренутку, видело се, да неко маше, витла кроз мрак. Чинило се да у рукама, сија нешто... неко ишчекује жртву... Под светлости месеца...

Све то, догађало се на раскршћу улица... Кажу да су се звале... мржње и беса... две безимене улице.

Две сенке, месечеве тамне стране

Сијао је месец. Светлела је његова тамна страна, пробијајући се кроз крошњу дрвета, док се она одмарала. Хладни пустињски ветар ноћи, носио је прашину из косе, са препланулог лица, улазио у њене ноздрве, мирисао... Мирно је спавала, ни звуци дивљих звери, ни гмизавци нису је будили. Само је сањала непрекинути сан...

Замишљен, избацивао је колутове дима... Уобичајена форма празне вечери. Ништа ново. У раму прозора, једине његове слике, само је одсјај мрака, тамне стране месеца, некако био чудан, снажан... Као да је невидљиво изблеђивао наслагане завесе, последњу одбрану таме кавеза. Никако, његов поглед, као ни ум, није путовао иза оивиченог кавеза. Никако. Али... нека чудна песма осликавала је плес једне звезде. Звезде, која се спуштала негде на хоризонту. Тамо негде, чинило се као да види, неке планине, козије стазе без трагова људи... Тамо негде...

Пробудио јy је звук, урлик неке дивље животиње, која је у потрази за крвљу и распаднутим телима, лешинарила стазама пратећи мирис пустињског ветра. Није се плашила, сви ти звуци су познати. То је музика дивљине, самоће, пустиње, попут оне џунгле из које је побегла. То су звуци најузвишеније музике, која је буди и успављује, ове ноћи на додир зоре. Чудно, само је видела звезду, сјајну, најсјајнију која је пловила ка тами месеца, тамо негде далеко на хоризонту, тамо негде где не види, где не зна...

Осећао је снажну потребу, да се моли. Заборавио је речи молитве, имена која је требао помињати, све је заборавио у тами, али осећао је да се мора скрушено молити за... непознато име, презиме, непознате очи. Мора, то је шапат анђела, да покуша молитвом да заустави дивље звери, да спаси...

Пламени језици гутали су све пред собом. У трену, тишину и мир лажи, нарушили су јауци, бол. Сливали су се... Једно тело мирно је спавало. Сањало је анђела. Чули су се звуци молитве која је надјачавала...

Дан после моје смрти, када сам путовао...

То је био сасвим обичан дан, ни лепши, ни ружнији од свих које памтим. Добро се сећам, баш тог пролећног безличног дана пожелео сам да умрем. Како? Једноставно, да испијем кафу, попушим две-три цигарете, истуширам се, пустим своју омиљену музику, затворим очи и... Мислите да сам луд, ко ми даје за право, да одредим или изаберем тренутак смрти? Али знао сам, да је то тај дан. Дубоко у срцу знао сам да више не постоје туге које сам упознао, као ни радости које су ме дизале до неба.

Било је десет сати, наравно пре подне, месец... дан... Зажмурио сам, али није ишло лако, нешто ме је нагонило да се преврћем у кревету, као када сан никако не долази, па штошта чиниш, али ни то не помаже. И тако, у низу без мисли, у празном ходу, догодило се, одједном да... заспим... Не знам, стварно не знам колико је трајало умирање, само знам, да је било без бола... Осећао сам се лако, блажено, летео сам и уживао у светлу, мирисима. Осећао сам осмехе, пријатни звуци су ме опијали, уживао сам у сопственој смрти...

Отворио сам очи. Кажу да је неки други месец, неки други сат, доба дана, али мени непознати. Кажу да сам се пробудио... Људи који су ми се чинили познати, били су стари, огрубелих лица. Дрхтавих руку су ми махали на улици, некој непознатој улици, а ја... Прва помисао ми је била, да се налазим у некој великој шали, следећа помисао; како изгледа моје лице? Потражио сам нешто, сећам се у измаглици, ваљда је то огледало. Не налазећи га, обузимао ме је све већи страх од лица, не, авети? Да ли сам и ја сада стар, да ли ме помисао на то плаши?

Оног дана када сам одлучио да умрем, имао сам четрдесет и... година, а то није старост!? Плашио ме сусрет са собом, животом, плашио јер га нисам желео назад. Ја сам умро, вратите ме у онај лет блаженства. Не желим да сам овде и сада... урликао сам у себи...

Готово пресликан дан

„Потпуно исто, ово је чудо", помислио је ОН. На небу прекривеном златним зрацима поспаног сунца, у правилном низу, у потпуном складу, пловили су облаци. Мирно вече се будило, смењујући предиван радостан дан, употпуњен радосним изразом лица. Лица које је било испуњено, задовољно, ни налик...

„Не, не може бити, сигурно се варам...", гласно је ћутао, себи у лице које се одбијало од стакла, неопраног возила. „Можда је све само...", не изусти унапред спремљену реченицу. Али, на следећем углу где су се пресецале две улице, одмах ту, црв сумње поче нагризати радостан дан... Размишљао је када је последњи пут, ходао овом заборављеном улицом. „Гле, откуда да се данас уобличи опсена? Да се баш то догоди, да се пресеку године низова..."

Непознатом посматрачу лаконски би, преко усана прешло да је ово место, овај тренутак баш пресликан. Њему, вечитом сумњивцу довољно је само да трептај ока прелије мрак и разлије мрље по тренутку пре.

Нестао је осмех. Устукнуо је пред маленим дахом сумње, али довољно да почне у уму низати могуће разлике, тражити потпуно небитне детаље. Одмах за тренутком пута у сумњу, отварала се машта. Широка улица, улица без светла, улица сумње, довољно да се, попут капи, истопи претходна радост. Настао је прекид... Слика без слике, у чврсто стегнутим капцима, још јаче је притискала. Као да гуши, насилно затвара, у прах претвара...

Дуго иза поноћи, можда пред праскозорје, био је убеђен да то не може бити тај дан. У магли се назирао лик младог човека, на почетку тридесетих, ходао је ужурбано. У сусрет њему долазио је... непознатих година, старији...

На углу улица, под облацима које су преливали зраци, све је било облика. Скоро да су... али нису се сударили у својој замишљености. Био је дан, неки облаци, пратили су њихове покрете... Није било громова, био је сунчан, позни део дана...

Бесмисао

Нико, тако сам се звао. Није смешно, то ми је име и презиме и баш тако сам заведен у књигу рођених.

Мој „буран" живот, сводио се... Једном, давно, одлучио сам да ћу из корена изменити сопствени живот. Све је почело, када сам мокар до голе коже, почео бројати степенике до четвртог спрата. Од улазних врата у зграду, до стана броја 22. Било је тачно 49 степеника. Најаедном, синула ми је сјајна идеја, избројаћу све каменчиће који су утиснути у степенике. Зашто не. Они су основ, а никоме осим мени није дошла таква идеја, да сазнам тачан број каменчића, без којих степениште не би ни постојало. Ти мали драгуљи, неправедно су занемарени, и ја ћу им одужити дуг. Не знам колико времена је протекло, марљиво сам радио, не посустајући. Обележавао би фломастером тачке, до којих сам стизао и...

Девет стотина хиљада седамдесет осам. Још неколико корака остало је до врата стана број 22. Да ли ће их бити милион? Два, остала су само два, али одједном све сам заборавио...

Белешка о разореном дану

Скривених, једва чујних корака, клизао је низ улицу. Било је време када се трзаји ноћи сливају у светлост дана. Није личио на крадљивца, на сумњивца; по повијеном ходу, савијеног високог тела, личио је на бегунца. Осртао се на сваки шум, попут зеца, начуљених ушију које су ослушкивале и најмање трептаје, дрхтавих ногу спремних на бег у непознато, ишуњао се из зграде, не желећи да било ко наслути његово бекство.

Страх и клонулост, никада не доносе добитну комбинацију, они су два знака, за сигурну пропаст... Довољно је одмакао. У даљини, једва видљиво, назирао се кров вишеспратнице, кров његовог откривеног склоништа. Поглед уназад. Губила се панорама крова, који је прекривало прво сунце и одблесци су га скривали. Сасвим довољно, далеко, помислио је, све мање задихан и... Знао је да не зна циљ, који је у магновењу и сударима мисли тражио... Али био је апсолутно сигуран да тамо, где се више не види кров, антене, никада неће крочити.

Разне мисли, свакакве глупости низале су се... У заносу луде жеље и храбрости, замишљао је светла неких велеграда, неких урбаних џунгли, у којима ће нестати, првим кораком. „Нестаћу”, храбрио је себе, „све ће нестати. Више ме никада нико неће видети, никада више ниједну реч нећу имати са ким да проговорим. Искидаћу свако сећање из себе, све тренутке, људе.

Нестаће читав један усрани живот, а са њим и све авети, утваре; нестаће звуци и мириси који су изазивали одвратност...”

Будио се. Неудобно поскакивање камиона који је вијугао, будило га је. Прекривен крпама није знао куда иде, где стиже... Сећао се само, да га је неко у полумраку, покупио на прашњавом путу, поклонио му карту у правцу... и ништа више. Он, није битно ко је он, одакле долази... Добри Самарићанин, нека то и остане, зар је име битно? Куцање из кабине, једно, друго, знак је... крај је пута... знак да искочи из камиона и изгуби се у трку...

Подигао је руку, махао је. Из кабине, непозната рука отпоздрављала је, знак да све је у реду...

Коначно је смирен. Испред њега назирао се велики град; будио се из магле, смога, осећао је пријатан мирис, мирис жељене слободе... Корачао је сигурно... Нешто је обема рукама цепао, бацао, као да се ослобађа терета који је летео около. Чинило се, да подиже руке, личиле су на крила... Велеград који се будио из сна, бивао је све ближи...

Сасвим довољно

Лупкам оловком по папиру. Откидам време од времена које ме гуши, док незадрживо долази, бујица празнине и тупости. Више и не реагујем. Потпуно сам свестан свог избројаног времена које личи на последња ситна зрна, прашину пешчаног сата. Нисам успео, да зауставим време.

Нисам га зауставио у окретању главе пред олујом, нисам га зауставио ни склањајући се и занемарујући његову силну спорост. Нисам успео да га зауставим ни када се чинило, да ми досадно капље по челу док спавам у бекству од њега. Никада није стало, ни по пакленим, врелим данима, ни по мразу северних ветрова. Оно није стало, а ја сам бивао све слабији. У опсесивној самолажи, да чувам снагу за... Сва три украдена сусрета са тобом, када сам склањао поглед, остављајући мало времена, за неки следећи дан, час, тренутак, блесак...

Требало би да бар сада, у изгубљеном рату са временом, не будем кукавица. Да крикнем до неба пре него што ми наслаге времена, не затворе уста, прекрију очи... Недостајеш ми. Да, само сам то желео да ти изговорим.

Недоговорени сусрет

Виктор је имао свој, повремени ритуал, неправилно цикличан и потпуно исхитрен. То би се догађало када би, притиснут собом, морао побећи најдаље од себе. Ово вече се понављало други, трећи пут у последњих неколико дана, после низа година зазиданости у сопствену конструкцију.

Посматрао је фасаду зграде иза паркиралишта, не тако скоро уређену, надомак мањег запуштеног парка. То је онај парк са поломљеним статуама непознатих јунака, неког заборављеног доба и распуклим дрвећем које је умирало живећи смрт небриге. Све је било као и оне вечери, и следеће, и оне од пре... Све? Учини му се да један детаљ није исти, док је кроз колутове дима које је избацивао, назирао врх омање зграде. Затворена је између паркиралишта, култног места, најважнијег култа, аутомобила, култа савременог човека и високо изиданих зграда, симбола новог варваризма.

Чинило се, иако му је вид све слабији да се кроз боје нешто назире, као да неки исклесани знак, реченица, жели да стресе боју и засија. Мрзело га је да устаје, прошета тридесетак корака, да боље загледа и потврди мисао. Није потребно, он је апсолутно сигуран да је то што види тачно и није му потребан доказ.

Нервозне и конфузне мисли лутале су. Нареди себи да окрене главу и не гледа у тачку, јер ако је не гледа, неће ни размишљати о томе. „Тако је”, скоро да уштину себе, окренувши се за полукруг...

„Добро вече”, неки тихи глас, скоро шапатом, али сасвим јасно му се обрати. „Можда сањам?”, помисли, „или ме ово распукло дрво препознаје... жели да ми нешто каже...”

„Нисам ја глас дрвета. Ја сам ти. Не сећаш ме се? Заборавио си, истргнуо ме из сећања? Оставио си ме овде, баш на овом месту, пре двадесет четири године, шест месеци, девет дана, у... часова...”

„Бежи...”, скоро да дрекну, али се осврну да осмотри, да ли га неко посматра. Да не испадне потпуно луд у лудости.

„Ја сам ти, не прави се луд. Добро знаш да си ме овде оставио, а сада се правиш невешт... не сећаш се. Знаш добро, то је била она ноћ када си се запутио са железничке станице и сео на ово место иако тада није постојала ова клупа. Знаш ти добро да си те вечери, у паузама између цигарета, излио поглед на фасаду, оставио забележене речи... Све добро знаш, али... Окренуо си поглед пре неколико минута, мислиш неће се појавити речи? Хоће, то су твоје речи...”

Тишина је. Ћутао је. Ћутао је и он који је рекао да је...

Дневник једног...

Четири сата је. Он мрзи понедељак, баш као и сваки нормални лудак, уморан од других и себе. Ни помисао на лепо јутро, нешто могуће, не чини га срећним, украшће време између првог и другог звона. Спаваће будан. Украшће и оних неколико минута између другог и трећег звона.

Дуго је будан, не жели да отвори очи. Исти призор, ограђена соба, зидови који се на отварање очи приближавају, ограђују простор, гуше... Али његови зидови одбране од варвара; воли их, осећа се сигурно...

***

Почетак је викенда, не мора да отвара очи; зна да је неколико минута до пет. То му сноп светлости, кроз лево прозорско окно говори. У глави премишља како препливати до друге обале, како сачекати следећи мрак и одлазак у сан... Зна да ће и ово бити, лажљив дан. Вараће себе да му је лепше и боље. Лагаће да му је време од будности преточене у дневни сан; баш оно што му је неопходно...

Подне, зна да је подне, не мора да отвара очи и буди се. Неће да се буди иако му је јастук као олово, иако се бол спушта низ кичму. Неће се будити. То је његов одговор, одвратном свету који постоји изван њега.

Скоро је поноћ. Изгубљен дан у узалудном бекству или паметно искоришћено време одмора? Како је одвратна и тупа та помисао. Немарно пере зубе, с времена на време подиже поглед који брзо скрива; плаши га лик из паралелног простора. Збуњен је, можда поспан, не познаје га, а то непознавање велики је страх!? Од себе?

Киша, тај одвратни ситни звук који се спуштао са црних облака, повређивао је душу. Размишљао је какав је осећај, сада у подне по мраку кише, извршити чин... Доста му је себе, света, тежине окова... Сада, баш овог тренутка...

***

Разливала се музика, допирала је из суседног стана, можда и... Разливао се украдени осмех. Помислио је, од када ту мелодију није чуо, како је нестала... Коначно, храбро је признао да му је срце заиграло. Плесао би, не може, окови су претешки...

***

Са цигаретом између прстију, посматрао је звезде, прошарано, промрло, али сјајно небо... Овај сан ноћи је пријатан, али, он, чује крике поноћних вештица... „Како мирно спавају људи? Зар не чују крике? Оне сада, нападају град...”, бележио је у поцепаној свесци...

Година змаја

На дужину столице удаљености, прекривен покривачем преко главе, шапутао је нешто. То је личило, на досадно понављање бесмислене фрустрације да га заувек узме. Заувек јер му се све гади, јер се сам себи гади. Зар није боље да заувек заспи, него да... Да је нервозан, пун гађења и мржње, да се једног јутра пробуди и крене...

У сопствени лов. А тада никоме добро... Боље је да заувек заспи и... Смењивао се очај и патетика, баш као и инфантилна глупост и старачки страх... Бућкуриш у његовој глави, у бекству и скривању, у тами прекривеног тела...

И зар је могуће, да се за низ од дванаест година померио само за столицу удаљености од једног до другог лежаја? Само толико је успео, да за низ зодијачких знакова, помери себе и свој такозвани живот? Од делиријума до пада??? Тако мало, или тако пуно, или...

Тражио је звездане степенике. Није их било у глувом добу сумрака, прекривеног несветлости. Само је склапао очи, бежао од стварности у...

Између делиријума и пада, између године змаја и других година, успео је да за дужину столице... помери живот...

Белешка из прекривеног светла

Ћутим. Давно сам заћутао, скоро потпуно. Онда када је почињао крај почетка, и почетак краја плеса и урликања, хора залуделих.

Остало је још мало, нетакнуто, али сасвим довољно да се опире, буни, размишља, сумња, трага...

Побегао сам, лоше изабрана реч, уклонио сам себе из свеопштег у сопствено. Доста, сасвим довољно, превише... друге и себе прогонио сам погледом, изгледом, речима. Уморио сам свет изван себе и свет у себи... Нестао је свет, гумицом избрисан у дечјој љутини.

Хистерија, гласови праскају по уточишту. Ћутим, изнова ћутим, рекао сам да немам шта да кажем... Сопствени мрак сам сахранио, а они траже да не ћутим. Они светкују, плешу и „уживају”, желе да и ја... Фиеста је, бубњеви, покличи. Не припадам ту и сада...

Ућуткао сам „кутију”, нећу је у близини, мој избор. Не желим да слушам гласове, не желим да гледам лица. Доста ми је оних преплашених по којима се слива исконски страх од смрти и себе. Лица по којима се разлива страх, спирајући охолост, примитивну и сирову. Срушен је мит о величини, огољено је, ништавно је...

Мрак је, кажу. Не видим га. Моје уточиште преливено је светлом. Мрак сам пустио да се разлије, да попуни сваку пору бедема, да се пробије кроз сваку рупицу светлости, када сам мачем, бранио огољену слободу. Мој мрак је успаван, стопљен је са бојама моје палете... Постао је боја живота...

Давно су плесали око лажног светла. Ћутим... Довољно је, нису ми извукли ни реч. Ћутим, миран сам... Ћутим, моје боје су складно нанизане... Ћутим, тишина прекрива...

Лудило наметнутог бесмисла

Из мрака су се разливале гомиле у униформама које нико никада није видео. Уз псовке и дреку, гонили су заостале... Ближио се час. Маскирана лица, строгих погледа која су се назирала, стрељала су погледом, док се гомила послушних у реду без гунђања, спуштала низ широки булевар у правцу...

Виктора су угурали кроз кључаоницу тражећи најмањи отвор, толико тесан да се једва могао провући. Он мора знати, он мора знати да НЕ СМЕ!!! У кавезу, лежао је прегажен под стампедом; није се подизао, можда није ни могао, није желео. Приљубљеног образа, затворених очију, лежао је и сањао. Тихо, обуздавајући нагомилани бес, лечећи пониженост, молио се, молио се свом Спаситељу да му подари мало, само мало снаге, да још једном устане, као и пре, да га снага не напусти тада, у дану који сања. Приљубљен уз под, дно, одакле више нема куда.

Утихнули су гласови, скоро да се ништа није ни чуло са празних улица. Мрак лудила и бесмисла певушио је неку страшну, сладострасну песму, химну мрака.

Виктор је лежао, иако су прошли сати, лежао је не желећи да наруши свеопшту слику. Он је детаљ, али и он чини „грандиозну” творевину бесмисла. Можда и не може, можда је сломљен довољно, баш данас, као што се и чаша прелије само једном капи, без обзира на мноштво њих које су се сливале пре.

Бес, гнев, да гнев је лепша реч; она не означава пораз, она је снага. Прелива се по телу враћајући знаке живота у сваком делићу. Повремени трзаји, покрети, ситни плесови тела наговештавали су да цела ноћ и наредно јутро, неће бити призор сенке, сенке мртвог тела са фотографије из полицијске белешке, о некој смрти.

Срце и ум, помислио је, они су једини знаци живота, срце које воли и ум који се опире. „Жив сам", осмехнуо се крајичком усана, „ни стампедо, ни неконтролисана бујица, ни химна мрака... Нису ме убили!"

Мора да је била наредна ноћ. Немогуће је да је време стало. Можда и ко зна која ноћ, у низу снова. Немогуће је да сан предуго траје...

Између неких буђења

Виктор је седео у издвојеној соби. Са обе његове стране, седели су чувари сна. Невидљиви, стасити вероватно изабрани после низа избора. Посматрајући их, био је скоро уверен да они нису репрезентативни примерци, али се сигурно, високо котирају, можда на корак од одабраних.

Чудна су била њихова, невидљива лица. Ништа се по њима није могло наслутити о карактеру, као што свачије лице које је познавао, могло је бити одраз оног скривеног ја. Упадљиво је, да њихове очи које није видео, нису прозори душе; више личе на затамњена окна која деле свет иза, од света испред. Још много тога струјало је кроз Викторове мисли, док је откидао ишчекивање да дође тренутак.

Иако је у сваком тренутку, по мирису, светлости, сумраку, могао је приближно рећи који је сат, овога пута, потпуно одсутан, збрканих мисли није ни покушавао да одреди време. Чак у себи није будио, само њему познату игру, одмеравајући време између замишљених тренутака, нити било коју другу игру коју је смишљао у доколици, ишчекивању...

Најзад, после... две сенке-чувари, подигоше га, не тако чврсто и поведоше га низ ходник у правцу гласа који је понављао његово име. Мада су се споро кретали, чинило се да светлост брзо нестаје и да ходник делује попут простора који брзином мисли гута последње зраке...

Чувари га сместише у некакав, ограђени део неке чудне просторије где се једва назирала светлост. По команди неизговореној, удаљише се, а он поред неправилног облика просторије, примети упадљиво подигнуто седиште и ништа више... Тишину наруши квpцкање микрофона и неки крештав глас, који је покушавао да надјача тишину искиданог простора.

„Викторе...", зачу се неки други глас, „ти си овде, зато што имаш снове... превише снова... Превише си будан и тако будан... превише сањаш. Ми знамо да то нарушава твоје здравље и... од данас... ти ћеш бити у установи за спавање... до потпуног... Крај. Можете га одвести у апартман... где ће бити збринут и негован..."

***

Два чувара ходала су крај Виктора помажући му да сигурније корача... Пријатно су разговарали са њим, храбрили га. Није им видео лица. Неки сјајни круг био је изнад њихових очију, осећао је блискост, топлину... Најзад, угледа светлост... „Шта је ово? Некада сам знао име великог круга не сећам се сада... Можда...", збуњено је говорио.

„То је сунце, Викторе. Једно, једино, најлепше...", пријатељски му одговори чувар са десне стране.

„Светлост најсјајнија, живот, сигурно се сећаш те топлине и сјаја?", додао је други.

„Овако сам замишља...", започе несигурно упињући се из све снаге, али није се могао сетити.

РАЈ. То је место буђења...

Иза светлости

Дан, уобичајен, пресликан, поновљен, другачији колорит а све је исто. Дан, заборављам који је датум, не памтим када и како је започело ругање таме. Велика, огромна неслана шала... Кажу гласови који блебећу да се морало угасити светло, јер... Ма не желим да слушам глупости умножене у хиљадама, празних глава које излазе, из хиљаде змијских уста.

Скривен сам од погледа утвара и овоземаљског жбира, скривен иза застора. Моја позорница, њихова позорница, два раздвојена света, два небеским сводом подељена света. Не припадам им, то је избор да не припадам, тами, лакрдијашима, војсци утвара и свим наказама.

Само, помало сам тужан, немоћан и контролисано бесан. Дуго и упорно, мислима одлазим до краја космоса, враћам се назад и изнова, баш никога, ничега, у ларми тишине. Омамљени свет спава. Не, не спава, то је привид. Он живи море, мање или веће. Он преживљава кавез избројаних сати, одмереног времена, зазиданог простора и „ужива” у тами. Она му је „подарена”, као лажни лек ослобођења.

Причињава ми се, чујем, убеђен сам... Глас. Назире се пријатан глас, самообмана. Да ли и ја у тихом умирању попуштам, па ми се обмане и лажи нижу пред очима, да ли и ја чујем...? Јесте, глас певуши. Пријатна мелодија. Речи мање су важне, не обраћам пажњу. Звук, мелодија, буди... Осећам у себи, да се будим, напрежем угашена чула, желим да корачам, да кренем у сусрет...

Глуво је доба. Оваква неприродна тишина влада у успаваним градовима. Не чујем ни кораке чувара мрака који као авети ходају, ни дисање покорних из соба не допире. Да, глуво је доба и црна фиеста је у заносном трансу, и даље допире глас, не да ми да понирем у кошмар, сан, крепи ме и држи ме будним, још мало, само мало...

Смешно, путовао сам из дана у дан, из ноћи у ноћ, до краја постојања и назад, а све је било ту, на додир мог погледа, мирис мога ја.

Не могу се сетити песме, мелодија је позната, знам и речи и наслов, сигуран сам да је у мени...

Иза светлости, тако некако, подигла се песма, када је у привиду победе мрака...

Одраз сенке

Тихо, бешумно чуо се кључ у брави стана 22. Један, једва чујни звук, још један покушај да отвори врата; не може, да то је сигуран знак да је све у реду. Нечујни кораци да не разбуде тишину ноћи, силазак, последњи степеник, затварање врата зграде и...

Ово је... све? Један, уобичајено необичан детаљ. Нема се шта додати... После извесног времена неколико људи, отварало је врата стана број 22. Није им ишло глатко... По дојави гђе О. која је у новинама пронашла читуљу, неки људи дошли су да изврше... Забринута гђа О. која је последња видела кораке Н. Н. морала је учинити све што налажу дужности, као и савест. Морала је да обавести...

Иако је мирис устајалог, заробљеног ваздуха, омамљивао, не може се рећи да је инспекторка С. Д. била шокирана. На први поглед није јој се учинило ништа збуњујуће. У заробљеном ваздуху, који је отворивши прозор, пустила да се излије, све је било беспрекорно сложено, чисто, уредно... Од ствари у полицама, до намештаја који је у правилном низу поређан, остављен да га сачека.

Својим пробуђеним погледом оштро је прегледала сваки детаљ, враћајући се по неколико пута на неку неодређену тачку, тражећи путоказ да настави. Ни после више од пола сата, није пронашла траг. У себи је понављала мисао да у овом „случају” не постоји случај, никакав мистериозни случај. Још једном ће све изнова погледати, а затим отићи да заврши извештај. Госпођа О. је можда погрешно протумачила читуљу и у сопственој збрци, направила још већу збрку...

Касније, уморна од претходног дана, врпољила се у столици, једва чекајући да се заврши радни дан и да крене. Баш глуп дан, а и ова збрка. Ма, свега јој је преко главе, само нека исцуре минути... Извештај је завршен одавно. По броју тачкица које је остављала по свесци, то је баш један празан и досадан извештај. Крај, одлази. Дан за заборав.

***

„Он се појавио... знате... срце ме је умало издало...“, усплахирени глас је говорио у слушалицу. Препознала је глас гђе О, али одједном се веза прекинула. Покушавала је изнова неколико пута да је позове, али узалуд.

„Опет она жена, баш нема другог посла, него да... Поново диже фрку, алармира... сада ћу отићи до ње, али хајде да се смирим, да не изгубим контролу... Јој, шта сам згрешила, да ми овакви случајеви долазе?“, гунђала је С. Д. узимајући јакну са столице. Док је закључавала врата канцеларије, покушавала је да обузда бес, ако сада крене, стићи ће у стан гђе О. смирена. Лепо, љубазно ће је замолити да не чини збрку и верује, да ће на крају бити како треба.

„Он се вратио“, на степеништу, спрат испод, чула је глас гђе О. „Био је јутрос овде, био је и...“

„Добар дан госпођо. Молим Вас смирите се. Хајде полако, хајде да уђемо у стан, полако, све ћу Вас саслушати.“

Један звук кључа, већ помало шкрипући, други звук, отварање врата, најпре она, за њом сва преплашена гђа О. ушле су у стан Н.Н. Ништа, баш као и пре, све је стајало како је остављено.

Заробљени ваздух омамљивао је и она пође ка прозору, отвори га и...

„Госпођо, ево можете се уверити, да је све у реду, да нема никога, да не постоји разлог за панику.” Суздржавајући се, већ довољно омамљена од устајалог ваздуха, да не повиси тон.

„Добро, добро, идем, идем...” Убрзо гђе О. више није било у соби. С. Д. ухвати себе како стреља погледом, као да се збрка из главе гђе О. прелива у њу, да је омамљује, чини параноичном. Несвесно, нешто је тражила... Неколико минута, поглед је пловио по зидовима вративши се назад и ништа. Збрка? Умор, он је омамљује у овој глупој ситуацији, у најобичнијој глупости једне старе, усамљене жене, која сигурно, не зна шта са собом...

Откључавала је врата... Изненађење... Трзну се... Била је убеђена, да је по изласку гђе О. два пута закључала врата. Али...

На раскршћима

„Уморан сам, спава ми се и желим да...", шапутао је себи, прекривен благом, јутарњом језом која га је разбудила. Знао је, сигуран је био у то, да ово јутро не жели, баш као ни овај дан, мада се по буђењу јутра чинило да ће бити леп, другачији, посебан. Плашио се рутине, поновљених дана. Не, није се плашио, они су били његова навика, његово друго ја. Плашио се сасвим новог... По мирису који се, кроз одшкринут прозор, увлачио у сваку пору, осећао је...

Недовољно је уверљив мирис лепоте сунчевих зрака, мирис живота. Све је то преливено намазима буђи, устајалости, коју је најпре пуштао у свој свет, а са временом и у себе. Ни највештији хирург, сасвим сигурно, не би одстранио грч на уснама. Ни најрадоснији дан не може избрисати тупост. Време је чинило своје, а он, пристајао је на пораз. После година и карактер, последњи бедем одбране, пропустио је бујицу...

„Не могу изнова, све из почетка... Не могу по раскршћу да...", скоро плачно, уморно, ударао је шакама по коленима, у ритму... „плашим се, страх ме је..."

***

Није се назирао крај булевара. Као да је у његовим нестајањима, постао развучен, издужен до бескраја, а он, споро не журећи, кретао се ка раскршћу. У будном сну, сећао се да је то тачка, место на којем је највише волео, да посматра брзе проласке аутомобила, који су се гасили као светла у нестајању. Волео је да посматра облаке. Сећао се да је, најлепше слике облака изрезао, баш ту на раскршћу, испод највише тачке неба које се надвијало. Смењивали су се призори које је скривао, мноштво призора, мноштво слика скривене величанствености. Парадокс? Ту, где су се гвожђурије мимоилазиле испуштајући гасове, за њега било је најлепше парче неба. Само ту пловили су необични облици облака, ни налик воденој пари која се сваког тренутка, може искидати у хиљаде делова.

По мирису, осећао је да је ту, стотинак корака, и више се није присећао јутрошње недоумице, вечерас је морао доћи. Нека је протекло и бескрајно време, оно никада није могло избрисати... место под небом...

„Знала сам да ћеш доћи. Узалуд твоја сумња.”

Ћутао је, није се окретао у правцу гласа који је допирао са његове леве стране. Ходао је даље, видео је црвену тачку и облак, који је споро пловио. Ћутао је... „Веровао си, после свих сумњи, да ће се ово догодити... Овде и сада, испод твог неба, испод боје бакарне вечери, и он те чека... не прави се да не чујеш. Овај облак путује годинама, једини је који није мењао облик и никада није нестао. Погледај, близу си, погледај га... Има црвену косу... Капљица ће се спустити, дотаћи ће ти лице...”

„Ове речи само ја знам”, шапутао је. „Ћутаћу... бојим се да речима уништим чаролију, нека сам луд и смешан... Можда и јесам... можда све ово неко посматра, игра се са мном... или...”

„Запамти... црвена коса обрисаће ти очи... Облак ће нестати... биће видљив крај... али... Ти добро знаш јер верујеш и у сопственом поклекнућу. Здраво...”

У ишчекивању да никада не постане...

Ово се не може назвати било којим именом, не знам шта је? Распад илузија, отрежњење, још један хладан, безосећајни шамар? Не говорим, немам ни једну једину реч, да сопствену... именујем.

Трајало је, започело је, скривено, уплашено, мрачно, тужно, без храбрости. Трајало је, започињало и завршавало се пре свега и иза свега.

Посебно тешки су моменти, када спремно будеш затечен и не знаш, немаш одговор. Ћутиш, кључа бес, осећаш се исмејан и насамарен, па се вратиш у кавез мисли. Под жицом неслободе, покајнички признајеш да никада ниси имао право... на корак, само један, да се учиниш слободним...

Никада, баш никада... то се неће догодити... Поверовао си, али празнина сиве белине плива пред твојим очима. Никада не постоји као ослонац, то никада је само изнуђено признање у сопственом лутању...

Који је сат? Престао си да ослушкујеш звук времена које одзвања у празнини, престао си да стављаш тачке, црташ знаке... Време и никада, изневерили су те...

Можда те разбуди додир челика... можда се пробудиш? И... ништа, никада, неће...

Оставићеш празнину хоризонталних тачки. Прегледаћеш низове вертикалног устројства ничега... Никада, збиља је никада само поређани низ слова, без смисла са горким укусом у оку.

Обриси обрисаних

То је била година густе паучине, у месецу бујања корова који су већ нанизани по зидовима мучног сећања. Виктор је преживљавао врхунац болесног стања, зенит, планински врх сопственог ништавила, где корак назад не постоји, а корак напред је сурвавање. Испред њега су били мучни сати ишчекивања, иза њега само жеља да се не сећа, исечени обриси обрисаног.

Обимна књига, касно настајала, препуна обрисаних обриса, била би обимнија, да је у свесној ништавности започео тај мукотрпни ход. Понављале су се реченице, и слова су пресликано бележена. Све, баш све, од првог стидљиво записаног горког укуса, бивало је слично ако не и пресликано. Мноштво, мноштво збрканих мисли, притиснутих болова, кривудаве путање немоћи и изнова, и изнова...

Више се није могао сетити првог обриса, није се назирала контура, само рупице на папиру. Знак, да се можда зраци, неки зраци у којима се огледао, тражио наду или... Све је личило на гротеску. Помисли, да никада нису ни постојали обриси. Можда, није се смео заклети, можда је то био само обрис. Један, поновљен, птица ругалица, кловн, гомила у једном...

Мучиле су га боје. Зелена, боја кафе, чоколаде или бисера дубине. Немогуће, није то било само једно? Било је мноштво. У низовима, збуњеног ума, невидљивог погледа, било је, нестајало је...

Видно уморан, у просветљењу, помислио је... Можда је ватра из његових очију обрисала обрисе? Можда је црвенија крв, тамна из груди, гушила обрисе... или... Ма, није он толико моћан да у уму покрене планине, то није сигурно... не нема он то... оног јутра... када...

Не(стварне) илузије и не(жеља)

Он је... наивни покварењак. У сржи чист, искрен, али покварен, у мрачним мислима лови. Није ловац, он је жртва сопствене ништавности, недосањаног сна, неостварене жеље, горуће страсти и невине глупости.

Она је... анђео. Није она анђео... она је ништа. У плими муља, она је... њему... више од свега.

Лови. Само у тами... као звер, прикрада се, тихо, нечујно. Све знаке је научио, ништа не зна... Ту, када у мрежи... он изгуби себе, а са собом и себе у... И изнова, и изнова, док се буди у сну, осећа изгубљену снагу, он...

Префињених манира, она... кроз тужне очи, вапи... Изгубљена у самообмани, уморно и сломљено, диже се... На корак од погледа, приближила је себи лице илузије у нежељи силне жеље... Игра? Не, није игра. Вапај се слива са усана и плови кроз сузе... Она... у посебности гордости, додирује испуњени ваздух.

Корак и крај је. Не, није... Ловац није ловац, лов није лов, лаж је... а истина никада не може бити лаж... Као да ослушкује глас... Види у уху да музика сирене га успављује...

Нестала је у... не у једном тренутку... То су поновљени низови нежеље изговорени... у илузији?!

Веровао је... да не верује свим чулима... Изненађен. Зар он, вешти ловац, који се прогоњен скривао... разоткривен је у угашеној страсти, умирању себе. Када се све будило, није веровао. Зар он да...?

Ни осмех сажаљења... Ни њиме није удостојен у свечаном тренутку преваре? Она у ћутању је замолила... да прекине да буди, сирену у њој. У вапају ћутања није пристао... да не испуни...

У празнини... дневне таме... кријући се иза, приближавала се и удаљавала. У измењеним улогама... она је скривала истину, а он је...

Прича о... траје. Ни крај света ни времена не назире се... Она зна... он не зна. Он слути а она сања...

Скривеност

Уз широки булевар пружала се стаза, скривена, иза густог дрвореда, који је одвајао свет споља, свет у промицању, од света усамљених и тужних. И он је један од њих. Никога није познавао, јер у свету скривеном иза дрвореда, људи нису промицали. Они су се мимоилазили, у прећутним договорима, одлазећи свако у свој кутак.

Он је био становник, друга адреса је ту у низу од... где свако зна своју, самоисповедаоницу, где себи нешто исприча и добије одговор. У скривености постоје неписана правила којих се придржавају, баш као у старој кафани где свако има свој сто, столицу и непристојно је заузимати туђе место.

Чинило му се, да је скривеност добила неку нову боју и мирис, јер у тих неколико дана у којима је мимоилазио, као да се нешто догодило или... Можда је то само мирис и осећај испражњености, мирис и осећај краткотрајног одсуства и... „Да, овде је све исто, не мења се срж”, помислио је, „спољашњост је већ стотину пута измењена, али срж је иста као и онда.”

За дивно чудо, скривеност је била празна и могао је седети на својој клупи. Баш та клупа, поглед са ње, у овом тренутку му је преко потребна. „Као да све ово није виђено, поновљено”, помисли. Да јесте, он памти ту тачку која још увек није нарушена варварским упадима. Тачка коју је својим погледом везао у ваздуху, давно, ту је и ту ће бити.

„Али, ово је смешно", искриви осмех, да је једном или много пута пре... да он не може бити... Једном постоји и све друго су копије, мање или више успешне, али копије...

Под светлошћу цигарете, читао је изнова, ко зна који пут, једно сасвим обично слућујуће писмо. Није ни морао да се напреже, сјај цигарете непотребан је... Цео садржај, већ увелико зна, са свим тачкама, запетама; великим словима, размацима и...

Дубоко уздахну, подиже поглед... у правцу везане тачке која је чврсто стајала у ваздуху, уздахну још дубље, па неколико пута... тражећи знак... Није долазио. Није се ни назирао. Чак му се учини и да се брезе не њишу, не шапућу... Све је стало у скривености... Дилема? Да ли испунити обећање изговорено у две написане реченице или... погазити жељу да...?

Мора да је време, прошло. Цигарета између прстију благо га је пекла опомињући да је исцурело време, задато себи да... учини следећу рутину и... Скривеност је ћутала у замрзнутом времену где је све стало ударом штапића и... само су кораци... Није се трудио, да... Кораци су се удаљавали кроз светлећи мрак скривености... „У правцу североисточне капије иде", прошапта, потврђујући да види, јасно види звук... „Дакле, испоштован је договор... онако како смо..."

Лагано, кренуо је у правцу југозападне капије. На другом крају скривености, чинило се да неко, скривен иза дрвореда, одмерава кораке, ослушкује звуке и...

Једино, али лаж је да је једино…

У дугом путовању кроз пешчану олују, застајао би, скривајући очи. Чувао их је као најдрагоценији, једини преостали дар. Без торбе, поцепане одеће, испуцалих стопала која су вирила из последњег пара обуће, путовао је са једном и једином жељом.

Под сунцем које је исијавало, са ногама дубоко у пустињском мору празнине и песка… вртео се у круг, који су брисале олује истока. Испијен, уморан, стајао је и ходао са једином… Сећао се. Сећање и нада да једино… памти и корача ка осмеху који се тужно сливао низ лице размазано сузама, испуцало од соли плача.

Веровао је да је некада и негде, не сећајући се када и где, забележио у ходу, повремено застајући, прислонивши папир колену, неколико важних речи. Али у једној од олуја, он је…

Само је памтио реченицу, светлела су пешчана слова, да у гордости не постане предмет и да никада… звучи као молба, никада више не пожели да…

Једино, али истински једино, желео је да бисерни поглед у лутању прекрије, успава његово лице. Свега је било доста, између пешчане хране, са мало укуса страсти и ништа више. Лаж је, као да га је опомињао зрак врелине помешан са ветром, лаж је да је једино…

Мноштво, украо би све, а не један поглед, украо би он… Учини му се да поклекну у поклекнућу. „Опомена", помисли,

„за још једну лаж, зар их није довољно? Зар није превише... у пустињском кругу...?"

Две умрле сенке у времену које се није догодило

Тешких, оловних прстију, покушавала је да започне писмо. Све чешће то чини. Некада неколико реченица, некада и неколико страница испише, али… У далекој прошлости, која није постојала, на овако нешто није ни помишљала. Уназад неколико година, гордост је сплашњавала, сета се будила, а с времена на време, могла се видети и кап, можда суза, коју би брзо обрисала, да се не роди нова бора.

Обриси некадашње лепоте гасили су се, бледели а са њима и сећања. Она се увек пробуде. Правда космичка, игра судбине или ругање природе. Једно умире, друго се рађа.

„Чудо!", помислио је. „Ово је чудо!", бришући искрзани албум, осетио је да није осетио. Не, то није гордост, још теже је. Ово је сладострашће које се прелива у бестијалност, у плес силе у очима. Он, све је заборавио, смехом који је прелазио у неконтролисану ерупцију и дивљу игру, без смисла… сетио се да је…

Неконтролисани плес дивљег, посечен мачем у делићу секунде, претворио је његово лице у скамењени стуб и дуг продоран, безизражајан поглед. Невидљиви трзај капка, као знак, благо и невидљиво померена усна. Не, он се није сетио, да је постојало време овековечено на избледелом, пожутелом папиру... Не постоји нешто, ма колико доказа било, јер крунски доказ је да се он не сећа. Крај...

Сада је сигурна да ће данас, баш данас, написати писмо. Сви бачени трагови које је уништила не могу избрисати сећање. Написаће писмо, неће бити патетична, али писмо ће бити патетично. И горе, писмо ће бити гротеска. Писмо ће бити низ правдања, мемоари гордости и гадости... биће јад...

Више је није гушила таштина. Сада, после свега, то не постоји, под ногама је. Спремна да призна и...

Сумња, рођена у времену ког није било, сумња љуљана у колевци, храњена гордошћу, али... оно бескрајно али... како ће он, када, ако, после свега...

Данима није могао објаснити моћан, снажан осећај испуњености, која га је носила кроз рутине поновљених дана. Често није могао себи, разумом осликати себе. „Сасвим су обични дани", помислио је. „Сасвим обични, чак и одвратнији мом оку. Одвратнији од многих горких плодова које сам у укусу и погледу носио. Зачудо, потпуно сам миран, сигуран у себе... Који је ово знак? Не препознајем га. Не видим долазак..."

Била му је по нечему позната стара камена клупа. Окретао се, обилазио је око ње, да је још једном осмотри. Није се сећао, не вреди сав напор. Ни то није доказ да је нешто постојало, јер у његовом памћењу не постоји. И то што се освртао, то је само знак демонске подвале...

Низови испрекиданих реченица, без смисла. Мноштво реченица које су губиле смисао. Прецртане реченице. Неко би то можда... назвао писмом. Можда је и било писмо, али тај неко ко је желео нарушити склад лажи и сећања, вешто је брисао, прецртавао слова, речи, читаве реченице и...

Онај коме је упућено, само може бити збуњен и ништа више... Речи, реченице, бесмисао смисла, живо сећање времена које се није догодило...

Весело је сређивао стан, као да је глумац у великој представи, летео је из угла у угао собе наносећи сјај по свему што је дотакао. Певушио је, одавно није певушио...

После завршеног посла, уживао је у цигарети. Са стола, бацао је отпатке у велику кесу, један по један папирић. На крају, све је било чисто, а он срећан. „Време је за шетњу. Прошетаћу до...”, као да се двоумио у којем правцу ће. Још часак да оправда одлуку „данас идем... на камену клупу!” Весело пљесну.

Подиже са пода папир, који му је промакао. Неки згужван коверат. „Нека глупа реклама, још једна од многих...” Задовољно ју је згужвао и...

Прозор, телефон и звук празног времена

Тишина је одзвањала кроз прозор, попут невремена које се спрема да опустоши град. То је дан, увек трећа субота, у месецу гашења пролећа... Понавља се годинама, деценијама, и увек је скоро исто, са малим неприметним разликама у бојама. И кућа је иста, кућа која стоји нетакнута у рушевини.

У једном таквом дану, некада, у једном влажном, роминавом касном подневу, осенчена дугом која се преливала преко крова, она је стајала, као сведок почетка краја или краја почетка. Станар... Он је ту... нестао... одлазио и враћао се, увек у исто време, у трећој суботи... Конфузна, збркана, хаотична, ма свакаква је прича.

Кроз разбијено окно улазних врата вијорили су се трагови покидане одеће. Знак да се неко, ту провукао кроз тунел времена, не скидајући катанац са браве, ушуњао се и... Трећа субота месеца гашења пролећа започињала је, по ко зна који, поновљени пут...

Није било никога у полумраку кишног предвечерја, јер траг би се осликавао. Прозорско окно осветлело би човека, сенку или било шта, али никога није било. Заборављени телефонски апарат, скривен из прошлог рата, био је на старом месту, нетакнут, само уредно, годишње обрисан, као знак...

Није се чуо ни звук празног времена. Он је трећи симбол. Све је стајало у неприродном поретку пркосећи рађању варварских зидина. Ништа није било као... када је остављено, осим...

Прозор, телефонски апарат и звук празног времена... Ух... експонати умрлог времена? Бедем варварском надирању? Трећа је субота, месеца гашења...

Избор одлуке

„Избор не постоји. Избор је наметнуто лоше решење, увек, по правилу између лоше и више лоше одлуке... Он је превара слободе, имагинација празног ума, он је...”, мрмљао је Алексеј. Мрмљао, у обично необичном јутру, сам са собом. По правилу, увек је тако бивало, или скоро увек.

Пред њим је био избор, детињаст, глуп избор да одлучи. Прва помисао у промрзлом јутру била је да ли умом затворити очи и вратити се у пређашње стање, или глуварити у путовању по замраченој соби упирући погледом, ослушкујући гласове са радио апарата или...

Најмање болно је, снагом усахле воље, затворити прозоре душе, успавати се, хибернирати и нека то потраје. Што дуже, то мање болно, и њему, и свету око рашчупане, необријане главе и лица.

Најлакша решења увек су тешка, премишљао се, она само одуговлаче и умртвљују. Понавља их већ данима, месецима, годинама... деценијама? Да проба нешто, да покуша да измени свест и скрене ток?

Узалуд, баш узалуд. Могао би да плеше са фрустрацијама, одавно га нису походили немири. Одавно му није измицала једна по једна жеља, ту на додир руке, на усмерен поглед, на спреман звук.

Могао би да се поигра са собом, да остане будан у плесу, да не заборави тактове и кораке... Ослушкивао је свој глас из друге собе да му усмери мисли, да му кроз зид пошаље јасну и недвосмислену поруку...

За чудо, ни подне га није успавало. Још је будан, затвореног погледа, у медитацији, тражио је и ишчекивао одговор, онај одговор о одлуци, избору, путоказу који није стигао. Чак ни као лошим рукописом исписана порука.

„У избору, немам избор? Чудно, зашто ми се врте само две звездице, сан или тескоба? То није избор. Можда сам заборавио да свет није створен, сигурно није створен од два лоша избора, две лоше одлуке, две... тачке у којима сам само ја...”

Као да се спрема да крене. У мраку, било је вече, напипавао је нешто. Тражио по столу, додиром по додиром, нешто хладно, метално, нешто... Одраз у мраку осликавао је да је... то нешто пронађено... Кроз непун минут чуо се звук кључа, који је затварао простор... Шкрипао је ход по смрзнутим степеницама. Сигурни кораци губили су се у нестајању... У десном џепу зимске јакне... потврђивао је додиром, осећао олакшање, то хладно било је ту...

Киша

Киша пада, данима... Спикер са радија чита статистичке податке, „стручњаци" објашњавају... Киша пада данима, нервозан је... Пресликани дани, поновљене радње, рутина кавеза, параноја, лудило... Разбио би телевизор који испушта хистеричне гласове, репродукује слике предворја пакла, убија га лагано, корак по корак, део по део.

Киша, поново, вирус, хистерија, параноја, апокалипса, теорије завере... Град је тужан и прљав без људи. Данас је за корак ближи... Уморан је... Сања, не уме, ишчезли су му и снови, у омеђеном кавезу. Понавља изнова број корака, од прозора који гледа у поље изласка сунца ког нема, до...

Мрак је и није доба када птице певају, избрисано је време, звуци пријатности... Сања, лаже, то не зна, изгубио је све... Глас са радија... брбља, пишти, буди му нај... пориве, а...

Киша, напунила је минијатурна корита, слива се у реку, ни бродови не могу пребацити... Из уснулог града у други град, не могу пренети ову тупост и нагомилану тугу, бес и немоћ...

Замишља, гаси се врелина доба које прекрива северну страну лопте, још једна угашена искра, а данас... Жели и говори, да баш данас је тај дан порум眷не... Поклон... Торта са свећицама, ода зрелости, тузи и љубави, али... Броји кораке од... јер кавез му није довољно велик само за то и...

Сања, лаже, све је искрзано... осим... Не зна више ни слова, ни глас којим говори себи не одјекује...

Корак

Дуг је тај корак, превише траје. Знао је добро, да тај корак, то растојање између две ноге, два клецава несигурна ослонца... Много наивности и глупости мора се имати у себи, да увек поновљено, ослушкивано, написано, то, буде ослонац у још једној збрци.

Колико је тешко раздвојити два стварна ослонца, додирнути недосањано тло, закорачити у сан, само то, понављао је... Није више то ни мера времена, ни простора, ни стварни, ни лажни облик. То је заблуда у уму, вешта замка, којој се предајемо, у поразу надомак победе... или...

Данас је тај дан, а данас не постоји, као ни тај дан, јер поновљен је у самообмани. Учиниће то, само и једино, то, јер угашена нада, буди разореност сиве масе, обмањује и говори то, јер то што се зове...

Надљудским напором, покушавао је да дотакне сан. Чинило се, никад ближи, ту на... Не може, не сме, није тренутак, не... Корак. То се зове корак, назив за обману... коју су преносили од уха до уха, у корацима маршева, кроз време, кроз некорак.

На крају...

То је тај тренутак... Можда лоше изабран тренутак, али тај тренутак, сада...

Кроз влажну ноћ, кроз пусти парк, у правцу... „Да ли ће ме неко препознати?” Нећкао се на улазу, на почетку мале слепе улице. Још једном, црв сумње, недоумица... Изненађујуће сигурно, чврстих корака, започео је дуго одлагано путовање. Није примећивао промене, нису га дотицале дивље изграђене бетонске грдосије... Само полако, сигурно, погледом испред...

Цигарета је сијала између прстију, дoпола изгорела, баш као и допола избројан пут. Корак по корак ка крају, на крају, са десне стране, једанаеста кућа... Није осећао убрзани рад срца, никаква посебна емоција. Ово треба да је збачен терет на крају?

Можда и осмех, радосни знак, макар у углу усана, сетни поглед на... Избачена тераса, предворје кроз које се пролазило, исто, као пре избрисаног времена. Да је пре краја, можда би неко од... отворио врата, осмехнуо се, пожелео...

„Све је исто, скоро исто као...”, шапнуо је себи. Погледа упртог напред, у правцу степеништа. Крај, цигарета је изгорела... Трајала је... колико и... корака по влажном асфалту... На крају...

Плен апокалиптичног дана

„Играш ватром...", одзвањало је у уху, мирису, погледу... сетно, тужно, свакако... Одједном, непозвани тактови, заборављене, тешке, драге песме... Таман када су избрисане слике, сећања, покидана свака и најтања нит...

Одзвањало је у уху. Затворених очију, у згрченом облику туге, лежао је, ћутао, слушао звуке, понављао их по ко зна који пут и... Време је текло, смењивало се, понављало и ишчекивало...

Полумрак, његово омиљено место, сто, столица, све исто, нетакнуто од лутања, бекстава, повратака, осипале су се само сенке које су подсећале... Многе су одлетеле на небо, неке су скривене, неке... Једна, још увек се бори са...

„Игра са мном..." Опет она, прати га осврћући се, гледајући да ли било кога има... Страх да се нечији поглед не руга... у смешном повратку... Подвала, превара, ругање сломљеном човеку који је мучно и дуго бежао.

***

Ћутао је. Демону се не смеш обратити, јер ако изговориш и једну реч... Окретао се, посматрао је да ли га неко гледа. Нико, али то је лаж, неко посматра, скривено, бележи мисли, речи, осећања. Сигурно је да је тако, он је плен... апокалиптичног дана, без апокалипсе... Она је у њему.

„Ти желиш да умреш. Знам то, чак, мислим да си више пута... Не, никада не би дигао руку на себе, али молио си да смрт дође. Можеш скривати лице, али ја то видим, знам. Довољно добро те познајем и време ништа није могло покидати. Ништа, а и шта је време? Ништа, као да је јуче било, као да...”

Нервозно је ударао шакама по столу, нешто као ритам између немира и беса, нешто као жеља коју је као терет носио... Немогуће могуће, поново парадокси, паранoja, подвојено време између и... Привид, опсена, лаж...

„Хоћеш ли ме погледати? Не мучи ме, не прави се луд и... Да, не знаш, не верујеш да сам ја? Погледај ме... реци било шта... молим те... желим да умрем, а не могу...”

„Играј се ватром...”, одзвањало је у магли...

Булевар бесмисла

Широк је, дуг булевар бесмисла. Тешко је, у једном ходању, у једном дану препешачити га. И никада се путовање не завршава. Изнова и изнова, кроз густину најезде празнине, можеш трагати. Јуче, данас, сутра... Бесконачно, а омеђено.

Кроз свако враћање, Виктор би се на тренутак, у неком испуцалом низу изгубио. Баш сваки пут, у окретању лево или десно, кораци би га вукли у прозирни мрак. Губио би време, у трагању ка почетку, превише времена, тако да би често, заостајао у намери да још једном доврши пут до краја. А до краја је стизао. Много пута дотакао би невидљиву линију границе бесконачног, али никада и корак даље. Превелики је бездан, мрак иза, чак ни невидљиви зраци, иза је ништа или можда... Страх?

Веровао је да познаје булевар бесмисла. Често би са потпуном сигурношћу себе убедио да је њему све познато, јасно... У таквим излетима мисли, које би се убрзо гасиле, био је сигуран. Али сломљен сумњом, страхом који би се подвукао под кожу, испунио би хладне мисли, крвоток би се ледио. Нова, непозната околност, у облику нечега, изникла из празнине најезде, обесхрабрила би сигуран корак, а тада, у паничном ходу, ни корак даље.

Булевар бесмисла, најпризорнији је у доба киша, бакарног погаженог лишћа... Сада је. Управо сада, док се мокро лишће лепи на ципеле, он осећа да је данас... Отераће помисао, неће устукнути данас, овог тренутка, у гашењу дана...

"

Сигурно, мање сигурно, корачао је. У оба уха ставио је куглице, не жели да чује звуке „сирена" које га призивају. Данас, мора окончати... Бесмисао? У булевару бесмисла. У ходу до невидљиве линије иза које...

Широки сунчани пут. Пружао се у бескрај...

Обриси

Смушено се провлачио кроз гомилу, пазећи да се не оклизне по танкој поледици. Мрзи те дане када мора да клизи, успорен, да пази на сваки покрет. Не зна ни зашто је сада ту. Тек тако, да осмисли бесмисао, удахне ледене капи, да... Само је трагао за изгубљеном нити, коју у далеком мраку и леду, неће пронаћи.

„Не то није могуће! Опет ме вара... мами.” Отворених усана, заслепљеног погледа, муцао је у себи, трљао промрзле прсте и гледао. „Она! Она је. Познат ми је тај осмех, искрен, неусиљен, чист, познат ми је...”, скоро да је узвикнуо, али се суздржа, да не испадне пајац, у гомили ледених, покретних слика.

Посматрао је оно што никада не посматра, рекламу... Али то није реклама...

„Она је, знао сам да ће се искрасти, између редова неисписане приче. Знао сам да ме неће изневерити и да ће...” Силно пожеле да приљуби усне уз стакло, да је додирне. „Желим само, да јој шапнем, да зна да сам је... да је...”

„Никада је нећеш срести”, гракну крештава, ноћна птичурина, надвијајући крила над гомилом покретних слика. Гракну, ледено и злокобно...

Ћутао је, посматрао је, сигурно је корачао, губећи се из гомиле покретних слика, још мало... ту... сакриће се...

Опроштајно писмо повратка у живот

Пиштољ није постојао. Метак се није заглавио у хладној цеви, ватра није изгорела предео око... јер ништа није ни постојало, да би се догодило. То је био само нестваран редослед привиђања Виктора Дисмаса, поремећен ред мисли које је видео.

Њему није почињало ново јутро, мада се кроз отворе испод маскираних завеса, назирао мрак. „Јутро је!“, сам себе прекори зато што је десна страна лица, ближа прозору, покушавала нешто да му шапне. Десна страна била је скоро тик крај замагљеног прозора, али... Са прекором, благом мржњом, упути поглед и тачка. Десна страна заћута.

Мали разбијени радио, једва разумљиво откуцавао је складне, ритмичне звуке и... гонг, тачно време је... „И ти ми се супротстављаш?“, прострели звучну кутију... „Какве су то глупости, да ми пожелиш добро вече? Овог јутра све је полудело, ти, моје ја, још и свет око мене да полуди. Мора да сте покварени и зли, намерно ми ово радите. Знам игру... да ме прогласите лудим, стрпате ме у кавез и све ово...“

Писмо, исписано нервозним рукописом, ситних слова, знакова, на неколико страница, разбацаних по кухињском столу... чекало је...

„Сигуран сам...“, замишљено је кружио око стола, правилним корацима, супротно од правца казаљки, баш у смеру којим треба да кружи... „Сигуран сам да сам се синоћ пре поноћи вратио из... Зашто сам збркан, конфузан? Мора да је он слушао гласове из оне покварене мале кутије...” Одједном, убрза корак, скоро да се затрчао и... чуо се звук распадања. Тренутак касније, осмех... озарено лице, леп осећај... Левом ногом у десни зид, прецизно је погодио место, где су се спајале линија вертикале и хоризонтале...

Лепиле су се ледене иглице у ноздрвама, посебно овде на кеју, крај реке. Температура је нижа, ниједан заклон, хладно је, али Виктор Дисмас био је необично радостан.

Пожелео је добро јутро... У спајању два доба ноћи, он је видео јутро... Срећан, смишљао је реченице писма...

То није то

Кроз разорену, вијугаву пустињу, попут бујице у рушилачком походу, надирали су непријатни звуци лепећи се као пијавице. Рушећи све у варварском походу...

Тек понека залутала сенка која је тумарала трагајући за... падала је ничице на земљу, провлачила се кроз отворе у огромним зидовима напуштених простора. Бежала у... тражећи спас, заборављајући да је време за апокалиптично мумлање, а управо сада, почиње. Умало да заборавност плате главама, оловне капи не убијају, смрт је у звуцима. Из невидљивог гротла адске дубине, катапултиране ватрене кугле распршивале су се на све стране познатог правца. Горело је небо, горели су снови више него икада...

Глас закржљалог пајаца из кутије одзвањао је... Четири коњаника апокалипсе корачала су ка њему... То није то. Размазана луда одиграла је последњу улогу... они су на реду... „Не то неће бити!" Загрме глас из кочије која је плесала по небу...

Два погледа у...

Две столице складно су поређане у нереду. Столица лево од прозора, који је посматрао рађање јутра, била је празна... Преливање сунца осенчило је простор на коме ће седети блистав осмех. Сунце, благо јутарње, чекало је једино посетиоца јутарње представе животне радости.

Столица лево од обрнутог погледа, у правцу сна ноћи, била је празна. Ускоро почиње поноћна представа, а једини посетилац, по обичају касни... Вечерас је на репертоару... Улази, на прстима се провлачи између препуне празнине, заузима место.

Јутро је постало ноћ, ноћ је постала најсјајније јутро... Две столице, изрезбарене за снове, стајале су у поретку. Окренуте леђима једна другој, припремљене за почетак представе. У обрнутом поретку, склоњене су, не гледају кроз стаклену панораму.

Осенчена столица, која је гледала у источни зид, пријатно је дисала испуњена светлошћу. Замагљена столица посматрала је плес по западном зиду. У погрешном погледу, личило је на свезане сенке... Не, не, прсти су миловали мирис друге коже.

Празник бекства

„ХЕЈ ТИИИИ...”, одзвањао је застрашујући урлик, помешан ватреним капима, које су се одбијале од оклопа сенке у трку. Мрак је био најбољи заштитник, вођен нечијом руком, док је сенка зарањала, у кишом преливену реку, уништене обале са леве стране...

Без даха, камена сенка је рукама цедила прљаву воду, олакшавајући већ довољно наслагани терет... Корак по корак, још један корак, још неколико корака... Није осећао, ни терет слепљене земље, корачао је, несигурно, сломљено, слободно...

Иза, видео је невидљивим очима, да иза, остају лешеви празнине... Испред, нанизани лешеви лажи, превара, изневерености... Празнина и пустош иза, пустош и празнина са обе стране видљивих покрета, испред... Само чврсто стегнути капци, прекривене зенице, замишљена нада. Ни страх више није откуцавао у грудима. Ни нада, није пламтела у мислима. Није се чула ни рапсодија ослобођења, само... украдени кораци, отежали, несигурни...

„Све осим њега је лаж. Сви други су пајаци таме, маскарада. Сигуран сам...”, дрхтаво је понављао низове речи, попут молитве. Корачао је. Из ничега у могуће. Из празнине у маглу.

„Хеј ти...”, сада је само као шапат, разливало се и губило. Све тише, тише... нестајало је. Рађао се... мрак, најлепши празнични мрак...

Неминовни сусрет у сну?
Или у...

Већ трећу кафу је испијао. Да се разбуди, да исцури време или... Прерано је дошао, обилазио по ко зна који пут продавнице и више, баш није имао нерава, за поновљени бесмислени круг, у коме се налазио. Досадно је време, које чекаш да исцури, пожурујеш полазак...

„Још два сата. Ужас, прави сам неуротичар... Све знам и као да намерно радим то што радим. Не могу више ни овде, досадно је, најбоље још мало у шетњу, прекратити време...” Остави неиспијену шољицу, хитро обуче јакну и...

Дубоко је удисао, уживајући у миру благе јесени, за тили час заборавио је пређашњу мрзовољу... шетаће... скупиће мирисе сећања, понети их на путовање до... „Молим Вас...”, поче замуцкивати, извињавајући се непознатој жени, на коју је налетео, скоро дивље одгурнуо...

„Све је у реду.” Кроз пријатан осмех... „И ја сам крива, превише сам опуштена, када лутам по трговинама, купујем...”

Глас. Чинило се... „Опростите, конфузан сам и... учинило ми се...”, несигурно настави, али се зауставио. Непотребно је, сувише, такве реченице не приличе...

„Реците. Учинило Вам се... шта?”, осмехну му се, пријатељски. „Учинила сам се познатом? Не стидите се, свакоме се учини, нешто превиди, помисли да је неко тај неко... Могу ли Вас понудити... пићем, ако то није проблем? Ако Вам не делује...?”

„Наравно...”, као да је очекивао такав расплет, ове бизарне сцене, као из топа, прихвати позив непознате даме. Као каваљер, преузе торбе које је носила и...

***

„Нисам се представила. Ја сам Ирена.”

„Дисмас... Виктор Дисмас... опростите.”

Уобичајено упознавање, изговарање имена, презимена, куртоазно у ишчекивању, да оно друго развезе језик, јер једно је увек по правилу брбљиво.

„Учинио ми се познат глас... То сам малопре кренуо, да Вам кажем... Понекад себе ухватим у параноичном, непрестаном...”

„Све је у реду. Неко драг?”

„Не...”

„Рекли сте познат глас. Глас из прошлости? Драг глас или...?”

„Да, извините, баш сам конфузан... Глас... упечатљив глас.”

„Дакле то је глас, који није остао у пријатном сећању?” Знатижељно га погледа саговорница. „Извините, није пристојно што постављам сувишно питање. Молим Вас заборавите.”

Виктор заустави реч, тренутак пре него што би изашла из њега. Зауставио је лакомислен и збркан ток мисли... Помисли, како је глупо, непристојно, непознатом странцу...

„Упечатљив глас. То је друго име, за глас који остаје трајно.”

„Разумем. Интелигентно дат одговор. Само... осетила сам, да сте мени желели да... испричате ту наталожену тишину. Осећам то. Која је Ваша прича, Викторе? Можда је овај, неспретни судар, на улазу у трговину... Неминован?”

***

Смењивали су се предели равнице. Воз је плесао, грабећи ка... Иза стакла, осликавало се уснуло лице које је складно дисало и мирно топило наслагани умор.

Очи које су покретима плесале сан... Звук, пробуди уснуле путнике, станица... Комешање, једни су улазили, други излазили... Један путник, мирно је спавао... Није време за буђење... Још нису избројани...

Изобличеност

Сасвим обичан дан, будио се из магловитог јутра. Магла јутра то је знак, да сунце ће преливати град, биће лепо и пријатно. После свих досадних кишних дана, бар светлост је оно чему се радује...

По навици, радио апарат укључен, музика, без вести, брбљања спикера, без глупих коментара, јефтиних шала и реклама, само звуци музике да разбуде дан. Никакав план у мислима, непотребна је навика и рутина, нека дан, украден из призора свакодневног, буде сасвим другачији, зашто не и потпуно изненађујући. Нека осећање пријатности са лица које се буди, призове звуке среће, једноставности, свега заборављеног.

Скоро да није ни примећивао гужву око себе, радосно је ходао, кретао се са лакоћом, освртао се и проналазио пријатне детаље. Све оно што му је уназад, чинило се превише познато, досадно, као да је имало облик поновног рађања... Старе фасаде, уске уличице, пијаца, сва гужва око њега у покрету једноставно му није била терет. Одлуком мисли, избрисао је и могућност лошег. Данас, биће све... јер тако он жели.

Стари градски трг, чинио му се посебан. Окупан сунцем, изгледао је примамљив за подневно сањарење, путовање кроз време, филм сећања, који ће радо изнова гледати. Многе приче оставио је на њему, на зидовима који су окруживали трг, на сваком зиду исписао је најмање реченицу, мала велика хроника, трг и он, нека посебна љубав, сусретања и растанци, али увек му се враћао.

„Добар дан господине.” Зачуо се познати глас. Деловао је извештачено, тај глас, није глас тренутка сада... окренувши се угледа познато лице пријатеља кога месецима није сусрео.

Радосно, пружи му руку...

„Не, не, не...”, одједном и лице саговорника постаде изобличено, у неприродном страху, наметнутог става, и као да лице пријатеља, помешано страхом, изобличеношћу, постаде лице странца... И горе од тога, постаде ништа.

„Још један, од оних, којима је...”, помисли, али не доврши мисао, не желећи да призна да...

„Вирус, не смем... Ово је опасно... Извини...”

***

Напуштао је трг, скоро ће вече... Није ни приметио, да сатима је ту... Није ни... да сатима је посматрао тачку... где су се додиривале две планине... Тачка, између њих, као пролаз у... Размишљао је о... Изобличеност, најснажнија реч, одзвањала је у оба уха, изобличеност, облика, предмета, појмова... људи...

Искључио је радио апарат... можда је тишина, најбољи начин...

Поглед кроз ништа у ништа

Виктор Дисмас пажљиво и дуго је посматрао ништа. Већ је ближио се крај дана, у ствари дан је био завршен, прогутано светло, гушило се и нестајало у разливеној јесењој вечери. Година се ближила крају и он је подвлачио црту. Све избројане дане, од првог до данас, обележио је тачкицама оловке у дневнику у којем није била забележена ниједна реч.

Дубоко је уздахнуо. Празно испустио звук, који се само понављао, из дана у дан, из сата у сат и тако... Уздахнуо је још једном, овај пут уздах је био потврда себи да је претходни уздах потврђен дубљим и јачим уздахом.

Покушао је у времену између две запаљене цигарете, да запише реч или можда реченицу, али није ишло. Покрет руке и оловка која се вртела између прстију, покушај и ништа.

Одлучио је, да неће одустати. Оловка је плесала, котрљала се између прстију, а он је увлачећи дубоко дим, покушавао да замисли, оствари напор и учини.

Узалуд, ово није вече Виктора Дисмаса, као ни претходни низ вечери, као ни низови претходних угашених година.

Одложи оловку, угаси цигарету, затвори свеску и снажно погледа у... Није скидао поглед, чврсто решен да до краја издржи, неподношљиво ништа које га ледено фиксира у зенице. Заинати се, неприродно и на граници подношљивог, држао је отворене очи, улажући натчовечански напор да не посустане...

Ништа поклекну, скрену поглед ничега.

„Успео сам!", озари му се лице, разли се победнички осмех. „Успео сам! Поклекао је, склонио је поглед... Изрезбарен, уморан, замућен поглед, који сам гајио победио је..."

Погледом кроз ништа... у ништа... Виктор Дисмас је резао тачке по зидовима.

Замућени поглед, стварао је рупице у зиду... Оловка је плесала између прстију, свеска је била отворена... Дубоко је повукао дим... десна рука поче нешто бележити, полако, али сигурно клизила је по папиру... плесала...

Демонски ноктурно

Ноћ, датум... тело се грчи, немирно и болно спава, ако је то сан? Увија се и скрива под прекривачем, тражи склониште... Не чује се глас, пригушен, једва чујан, шапуће, јеца, моли се и тражи... То је. Ум прослеђује бол и сећање у цело тело, ум памти, тело осећа... Душа? Сломљена?

Оштар равничарски ветар, наносио је наслаге ледене хладноће. Провлачио се кроз мрак, наносио звук мрака који се мешао са маглом. Једна од вечери, када се иза затворених прозора, скрива под прекривачем, тоне у сан и бежи од призора. На ивици краја, у додиру са испуцалом земљом која је била прекривена кукурузом, на крају маглене вечери, кроз мрак штрчала је стара зграда, прављена пре једног века и више.

Напуштена, усамљена, отпале фасаде, опирала се зубу времена, усамљенички чувала последње станаре. Време и простор, иза исцртаног времена, скрива суморно сивило, које је блештало кроз мрак. Као да су је и заборавили у времену, скоро нико није ни ходао поред, стазе корова, разваљени остаци неког већ невидљивог пута и...

У даљини, могли су само назирати разбијени прозори и зарђале решетке, и иза свега, ништа није постојало. Ништа? Или нико није ни желео, да у угашеном памћењу и размишља. Једном, као када кап прелије чашу, заборав је, прекрио...

Последња светла су се гасила, мрак је прекривао дуги ходник и дизао се до високих таваница, тишина је владала... Низ ходник назирала се сенка, неко обличје крупнијег мушкарца, који је вртео нешто у левој руци, звиждао неку нескладну мелодију и примицао се једној по једној соби, одшкринувши једна, друга, трећа врата...

Застајкујући у правилном интервалу...

Могло се назрети, да је миран, завршио је рутину контроле, потврдио све што је знао и сада... Ушавши у последњу собу, тихо се спусти на фотељу крај врата, зауставио је дисање и ћутећи посматрао је неку прекривену прилику, која је мртво спавала, баш као залеђена, без покрета, ни дисање се скоро није чуло, само шум тишине, убрзана тишина која је допирала испод прекривача...

Трајало је ћутање, можда и више од сат времена, њему се није журило, ледена ноћ, исцрпљена од хладноће снага, у свима ће ускоро потпуно нестати... Биће сигуран, да ниједне очи не посматрају, ничије уши неће чути звуке, никакви кораци неће нарушавати „мир” само његовог времена...

Као звер, осети да је глуво доба, сигуран је да све је онако како он жели, сада може, време је да... Огромном шаком, поче скидати прекривач, другом шаком прекрио је уста сенке која је спавала, да ниједним покретом не наруши његов тренутак рутине, искочи и поквари. Округла глава, јасније се назирала док је спуштала се, у покрету који је могао бити шапутање или... Ћутала је. Као по команди контролисаног ума, отварала је очи, празног и тупог погледа подигнутог... То није поглед, који ће вољом, отворити решетке на крову, полетети раширених крила ка небу... то је поглед... Не гледајући, или гледајући кроз, осетила је... то није био ни осећај, да нешто слузаво, насилно улази у... Огромно тело, у демонском заносу, улазило је и излазило, правило покрете, испуштало неке животињске звуке... нагона. После небројених ноћи, ни њему то није задовољство... То је пир и сладострасно иживљавање, плес моћи над немоћи... Докази степеник до...

Ћутала је, закованог погледа у једну тачку, ослушкивала је звуке... Музика није... то је... ништа? Његова снага, ширила се собом, его је у екстази... Вечерас... шта ли је осећао? Крај? Вечерас ће окончати и избрисати... Вечерас не осећа да жели...

Довољно се играо? Заборавио је дан и време прве тачке... Демонски ноктурно... То је помислила, док јој је глава падала на страну у правцу...

„Завршио сам са тобом. Не осећам жељу... Више ти нећу долазити... Крај је...”

Ћутала је. Можда је све разумела... Можда је осетила олакшање или... Гађење? Иза залеђеног погледа у правцу... остајали су трагови, нестајали су... Иза затворених врата, остао је мрак и остатак сна. Залеђеног погледа, глава се попут клатна само спустила на другу страну... у правцу изједених решетки на прозору, које су као завесе скривале непостојање стварног, раздвајајући га од постојања измишљеног...

*** *

Осмех се сливао низ лице, пријатни осећај да лебди... Драго биће поред, сигурност нежне и снажне руке... Сањала је припијена... Иза осмеха у сну, пловила је кроз сунчане дане, чинило се да рај је на дохват руке... Чврсто је грлила снове, као најдраже драгоцености, које је понела...

Није је уплашила празна половина постеље, искрао се, није је желео будити...

Замишљала је, знала је, да ју је пољубио, осетила је то...

„Вечерас ће бити ту и биће...”

***

Ни иза чега, у кревету, у грчу и страху... У ноћи која је била почетак... Иза затворених капака, сећала се да је тог дана... Превише радости, носила је са собом, није смела да понесе толику наду...

Један тренутак непажње... однео је све...

Чула је кораке, он, али он је долазио, а не ОН. Везана је и никуда не може побећи, ум јој потврђује, да тело не може побећи и да жртвовање...

Кроз сузе, гутала је бол и слузаву течност... јаукала би, али нико није могао чути је...

Призивала је њега из тренутка пре него што је тренутак непажње...

Тужно и дуго, посматрала је кроз провидне решетке, нешто у даљини... Као да се трудила, да погледом дотакне...

Иза завесе, која није, постојао је свет... Близу и раздвојен... Свет постојања непостојећег и свет који...

„Да ли неко...”, заустави неизговорену помисао... „Да ли постоји неко ко ће једном... покидати, невидљиву завесу, која скрива... све...”

НОКТУРНО ОТУЂЕНОСТИ

Оливер Јанковић

Пред читаоцима је нова књига приповедака Владимира Радовановића под насловом *Еуфорија и пад — кишних капи*. Ако је његова претходна књига могла своју најтачнију формулацију да нађе у реченици... „ограничени, усудни простор празнине”, ова би се могла окарактерисати у пуној мери као „ноктурно отуђености”.

Горе наведену синтагму можемо најпотпуније објаснити на следећи начин. Ноктурно је *кратка лирска композиција (обично за клавир) инспирисана углавном ноћним расположењем*. Владимирове приче од наведене дефиниције садрже следеће елементе: највећи број прича се дешава ноћу, а ноћна расположења Владимирових јунака су често и мрачнија од саме ноћи. Додуше, музика је тек ту и тамо заступљена у причама али различити звуци су чест музички пратилац, а од свих понајвише звук корака у ноћи.

Отуђеност је једна од главних тема свих Владимирових књига. Читајући приче из књиге *Еуфорија и пад — кишних капи* сусрећемо се са мало друкчијом отуђеношћу. Рекао бих — донекле измештеном и то у екстеријер. Омеђени простор у извесном броју прича је измештен изван четири зида и смештен у улице, тргове, булеваре, паркове, у читаве градове. Он је знатно проширен али се главни јунак, односно приповедачев alter ego и у том већем простору осећа као неко ко није свој на своме. Ту још више него унутар четири зида вребају различите *опасности*. Главни јунак не може бити сигуран у сопствене реакције нити у поступке других. Због тога он се не креће широким булеваром, него стазом поред булевара која је ушушкана жбуњем и растињем и самим тим безеднија по њега (прича *Скривеност*).

Међутим, жеља за остављањем трага из себе, жеља за комуникацијом (мада се она најчешће не остварује на уобичајен начин како смо навикли) постоји у неколико прича из ове књиге. Главни јунаци ових прича пишу писма и белешке као у причама *Опроштајно писмо повратка у живот* и *(Не)очекивана смрт мртвог тела*. Неки на крају живота, други пре него што се преселе у неки други град, пре него што занавек нестану. То *писмо* више није обичан запис на папиру, обична информација. Радовановић га подиже на ниво *поруке у боци*, на ниво вапаја. Међутим, иронија је у томе што јунак који *пушта да та порука отплови низ матицу времена* (ипак је овде реч о времену а не о правој матици) није сигуран да ли заиста жели да неко прочита ту поруку, заправо писмо. Ништа мања иронија избија и из приче *Сусрет две умрле сенке у времену које се није догодило* у којој јунак налази једно такво писмо поодавно написано и ноншалантно га баца са другим старим папирима, уопште га не отворивши и не прочитавши убеђен да је то „нека глупа реклама".

Термин књижевни јунак користим више по навици, а заправо би прецизнији термин био књижевни антијунак. Кафкијанске димензије стварности лако се уклапају у просторе Владимирових прича — мада бих и те приче — без гриже савести могао окарактерисати као — анти приче, белешке истргнуте из структуре појединих живота антијунака, мрачне есеје о још мрачнијем битисању. Кад смо већ дошли до овог момента морам истаћи још једну коинциденцију која Владимира Радовановића сврстава међу писце који су успели да завире у будућност. Будућност света опхрваног короном. У неколико прича (као што је *Празник бекства, Изобличеност* и неким другим), корона својим правилима, којима мења нашу свакодневицу, улази на велика врата у причу, носећи још очаја, узнемирености и туге, којих и без ње у овом штиву има довољно.

Владимирови антијунаци имају, дакле, осим оних већ познатих противника у себи и око себе, још једног спољног *реалног* противника. Наравно, реалност тог противника је дискутабилна, као што је дискутабилна и сама пандемија коју је изазвала корона, међутим, односи у друштву и међу појединцима се драстично мењају.

„...Радосно пружи му руку... Не, не, не... одједном лице саговорника постаде изобличено, у неприродном страху, наметнутог става и као да лице пријатеља, помешано страхом, изобличеношћу, постаде лице странца... И горе од тога, постаде ништа.

Још један од оних којима је... помисли али не доврши мисао, не желећи да призна да... Вирус, не смем... Ово је опасно... Извини.” (прича *Изобличеност*).

Стил Владимира Радовановића је у великој мери сличан стилу из његових ранијих књига — кратке, често недоречене и незавршене реченице. Писац намерно оставља места читаоцу да сам реши или погоди да реши неке ситуације и расплете чворишта догађаја. У неколико прича се појављују синтагме које представљају праве стилске медаљоне који на веома добар начин улазе у структуру приче и рекао бих — осветљавају је изнутра. *Зазиданост у сопствену конструкцију* и... *дрвећем које је умирало живећи смрт* (прича *Недоговорени сусрет*).

Можда је сам аутор у једном разговору, по питању књижевног правца којим пише, најбоље дефинисао своју књигу рекавши да је његов стил – депресивизам. То је у великој мери тачно, али из њега можемо много да сазнамо и научимо. Тај „депресивизам” подстиче читаоца на размишљања, нуди му другачије погледе на живот и свет, осветљава оне тамније закутке живота. Нуди му истине које му нису на дохват руке и које нису стереотипне, а то је сасвим довољна врлина коју може пружити једна књига кратких прича.

ВОДИЧ ЗА ПРЕЖИВЉАВАЊЕ

Иван Вукадиновић

Баш као и песме његовог земљака Боре Чорбе, за којег је речено да је „најпознатији српски улични песник новије генерације", приче Владимира Радовановића се баве јадима малог човека сабијеног у овај модерни свет алијенације. Свака од њих даје по једну сцену, боље рећи емоцију. Неке су заокружене, али већина њих није, имајући отворени крај (три тачке су Владимиров заштитни знак), у неком смислу и почетак. Читаоцу је тако остављено да допуни из свог живота оно што је основна емоција дата причом. Иако се не референцирају на конкретне догађаје, појаве, градове или особе (мени лично веома је тешко тако да пишем) приче су невероватно актуелне. Свакога ионако вреба неко животно разочарање и на крају — смрт. Ове године је то постало посебно актуелно, када нам се сред катастрофичних вести и разноразних затварања почело говорити како нам чак планета препоручује да „успоримо". Међутим, времена за то нема, што зна и Владимиров јунак.

„Журим, трчим корак испред пуцња, инфаркта, гушења или било ког тркача смрти. Завршавам ужурбано, у грчу, оставштину глупости и јада, да је неко не украде. Ево, прецизно и нечитко, са здравим разумом у лудилу, пишем последње редове."

Иако појединачне Радовановићеве приче могу деловати песимистично, уопштено не изгледа да је то његов поглед на свет. Проблеми живота постоје, он је и ако се они реше ипак пролазан, али његови ликови не кукају него налазе сопствена решења. Свака прича тако може постати читаоцу водич за преживљавање, ако не мапа на том путу, онда сигурно компас...

ТАМНО... ТАМНИЈЕ... МРАК...

Душан Тодоровић

Овом књигом наш аутор осветљава тамну страну људског битисања, његову површност и бесмисао, која је представљена као сенка, која увек сустиже нашег главног јунака. Она је његов усуд и судбина, сапатник.

Градећи причу у слојевитом надреалном свету, протагониста ових прича *Виктор Дисмас* се налази у зачараном простору својих страхова и вечитих питања, где је излаз и да ли он уопште постоји? Да ли је живот овде и сада казна, или нас на другој страни ипак чека катарза.

Одговор није негативан. Загледани смо у помрачење црног сунца за сада, иза чијег круга, светлост се ипак пробија, зрак нове сутрашњице је на помолу.

И БИ ДАН...

МИНИЈАТУРЕ

(кратке приче о...)

Исповест празних сећања

Стаза се назире, поглед је све краћи и кораци су несигурнији. Све ближи је тренутак. Знам то, није ми потребан оловни поглед у јутру, док посматрам лице. Није ми потребно да, када угледам издужене линије, схватим. Све теже ми падају бекства, умор ме сустиже и сан ми је варљив, савлада ме брзо и још брже ме разбуди. Држи ме предуго између таме и буђења дана.

Пијанац закорачи у последњи стадијум када разговара са погледом кроз стакло магле у себи. А ја, ја сва празна сећања поређам и посматрам. Некада се брзо сакријем, некада „уживам" у њима. Пружим руку да их додирнем, да кроз мене проструји све, али ничега нема. Рука додирује провидност, непостојање и мирис горчине. Не сећам се, сваки лик испари, нестане, као да није ни постојао. Тргнем се, не предајем се, са дна прашњавих кутија покушавам да покупим доказе постојања. Ништа. Празне су кутије, труле и нагризле.

Склоним се, уплашен. Сакријем се у мртви угао простора и ћутим. Понекад заспим у неприродном положају и сањам. Они су остали — снови и све ближи поглед. Зид у сну, труо је и чини се да могу да га прескочим. И гвоздена врата су само привид. Благи додир и меки сан их обарају. И сурваће се низ степениште. Ходам, несигурно кроз лавиринт и само мирис је траг, чак је и мост у магли празан. Чекам, упоран сам. Све ми се чини да се треће јутро рађа, али...

Будим се. Додирујем прашњаво дно, тражим. Ничега!

Змијски трагови

Сиви зимски дани су право време да се мисли испуне корацима по смрзнутој земљи. Пријатно ми је, прате ме речи које су угасиле немир. Све што је мучно у призорима, не примећујем. Чудим се како мисли могу да се обоје, да дубока празнина може бити сунчан дан.

Не, није могуће... морам нестати... Чујем глас који се крије на врху промрзле крошње. Глас реже облаке и птице се скривају. Волим то стабло — смрзнуто, голо, скоро без живота, али штрчи у мору спаљене трске, не да се, живи. Додирнем га погледом, поклоним му се, искажем дивљење. Кренем даље и са лакоћом претрчим модру реку. Ходам по змијским траговима и смирујем бес тишином.

...Молим те, заустави тај проклети бег. Постојим. Постојиш. Не остављај ме!

Из магле израња облик покрета, скривен и несигуран, далеко од обале. Између прорећеног дрвећа скупљао је мирисе магле, оближњих брда. Кроз... погледом је додиривао ободе скривеног града. Умором, гасио је бес.

...Причај ми... Недостаје ми тишина твог гласа и... Осмех. И очи, сањам их. Убијаш ме. Страст се распали на врелини твоје привидне лелености...

Иза последњих речи, остало је... По ко зна који пут? Последњи? Непредвидиво, ненајављено, бегунац је избрисао...

...Захвална сам... оставио си одшкринута врата... Несрећене, збркане мисли без одговора и... израз лица који није ни осмех, ни страст, само израз празног погледа.

...бегунац је за корак избегао смрт... На мокрој улици, прохујао је уз сирене...

„Пожури!", урликао је болничар у колима.

Ловац је цедио последње капи из флаше. Зној је капао по отеченим шакама и крв је била сува. Очи није имао. Шкргут је био глас из дубоке рупе...

Непотврђена смрт Виктора Д.

Ова прича може започети са: Био је... Али, зашто није? Можда јесте још увек и негде. Нико не може потврдити истинитост сумње у догађај. Догађај који се одиграо, или можда није? Последње што је грана над реком запамтила, био је додир руке. Прсти који су уместо перореза исписивали неколико речи. Лево стопало је склизнуло остављајући траг и тог тренутка све је престало да постоји.

Ништа неуобичајено није остало у било чијем погледу. Ниједна неизговорена реч није заспала у нечијем уху. Све што је претходило, било је уобичајено. Виктор Д. је мучио себе, то је познато. Одбачене приказе претварао је у ликове. Црнилом мисли, осветљавао је ореоле над непостојећим. Ћутањем, непрекидно је будио уснулост, био је обичан и наопако једноставан. Није признавао поразе ни када су били неминовност. Бежао је главом без обзира од осмеха и раширених загрљаја. Живео је смрт и смрт је била живот. Опирао се сновима, али они су плесали са њим. Једном, у скривености, закључао је отров на уснама и хитао оловних корака. Можда није имао жеља. Можда, убедио је себе да смрт долази кад се последња страст угаси. Нико не зна шта је горело у мислима последњих сати...

Траг утиснутог стопала и крај... Узалуд су данима гоничи живота тражили одбеглу смрт. Најзад, уморни, одустали су. Дрво је ћутало. Трагови нису постојали и...

| 125 |

Искрадање

Сан је био кратак и прекинут демонским прстима. Модрице по врату, брисао сам леденом водом и желео сам да могу да видим. Подерани покривач није могао сакрити празни део кревета. Речи које су биле снови прогутале су свежину ноћи. Гашење ноћи било је тихо, а јутро у буђењу препуно капи.

Плес утвара по зидовима био је нечујан и прљави трагови су се сливали. Искрадање је иза себе остављало траг левог стопала и пси су могли нањушити одбеглост. Птице су се будиле, са крила стресале јутарњи страх. Клизио сам и заваравао залутале. Несигурно сам мерио заборављени простор и одбројавао кораке. Као да се истопио у врелини.

Река је била бара. Израсло жбуње прогутало је све, а огољено дрво је ишчекивало смрт. Одраз у реци био је мост до заустављених корака. Сећања... Нанизани догађаји, један по један, као прагови по којима се корача до... Плес водених капи нарушавао је тишину парка. Крошње су исте, само нема ледених иглица.

Столица је била празна и наталожена прашином. Између два раздвојена тренутка, била је видљива.

Јуче које не постоји или опсесија о непостојећем

Јуче које не постоји, у невидљивом сутра, кроз слепило данас. Један неми глас казивао је речи... Човек без главе шетао је кроз уређену собу градитеља без руку. У сваком кутку, исијавале су нагореле фотографије. Жена-опсесија!? Мноштво изгорелих рупица осликавало је величанственост. Она у, она крај, она са, она, она, она... ОНА.

Мора постојати почетак, тренутак, искра, нешто има... Мора постојати рука која бележи, око које упија и овековечава, ухо које сања звуке. Мора постојати сан, са страшћу. И крај мора постојати. Крај постоји или је замишљен за оне који немају сан.

Врело је и хладно. Еуфорично је и склоно паду оно између, што клизи кроз исечене слике. Милиони незапамћених тренутака, недоступни уму. Незаспали у оку. Плес лептира украден у видљивом. Нижу се отргнуте слике, саздане од снова, чежње, горуће страсти. Понављају се кораци. Постојање силуете коју би зграбио.

Ништа није постојало, није се догодило. Постојало је, јер живи у... Скупљао сам гласове као да сам скупљао пољско цвеће. Кораци су се чули и изгореле рупице су светлеле...

И, крај је!

Некада је и другачије од уобичајеног. Некада мирис промрзлог цвећа надјача смрад прљавих улица, надјача мирис мрља врелог асфалта. Ретко, али се ипак догоди. И огољено дрвеће се понекад чини као раскошни дрворед тишине. Догоде се јутра, мирна и тиха, и ход кроз њих је ход кроз сан.

Мислима натопљеним оловом куљају немир и бес. Сенка клизи низ почетак поновљеног. Закорачивши у мрак раног јутра, прелази улицу, хода по навици. У одлуталости подигне поглед иза првог угла, врати поглед и настави. Иза себе оставља прву препреку, али вратиће се. На раскрсници би да одустане, вратила би се, али наставља. Мера одмереног је навика. Променила је страну улице да би пружила отпор пресликаним навикама. Хода између жбунова који секу улицу, хода по мрљама нарушене пресликаности.

Сасвим је близу. Лимени кавез привида је у погледу. Успорава. Размишља, али ништа, још једном се догађа. Ништа и неће учинити. Тишину нарушавају гласови. Празни, рески, развучени и тешки кораци, привид постојања. Дан који започиње биће мучнији, празнији и беднији. Биће дан чији крај је највећа жеља.

Мисли су све оловније и ужареније. Ум је раздражљив и срце снажно куца. Простор је препун лепљивог талога, гуши. Спава, или то жели. Иза скривеног дана, сенка гони време да исцури. Чека ноћ. Бежи, али сустиже... Гласови шапућу, гласови говоре, понављају се. Зна да следи та иста мисао између две набујалости. Прећутаће одговор, неће упасти у замку, макар ће изгледати другачије.

Устаће и мисао је... Да може и мора боље. Краткотрајни осмех сенке послаће наду уму, али неће се дуго задржати. Пада у следећем тренутку.

И, крај је?

Речи од олова

Помислим, боље је да се тај тренутак неразмишљања није догодио. Моја грешка, погрешна одлука, слабост, страх од усамљености и празнине. Ћутао сам, суздржавао се, нисам желео да оголим сопствено стање изазвано тренутком. Са муком сам ћутао и призивао.

Догоди се изненада, отвори се кутија и из ње излете утваре у јуришу. На пијанство и разузданост, одговорио сам тихо, испаравањем. Да ли осећам стид, кајање, или било шта друго? Не! Осећам горчину наивности и бес који ми кружи данима телом, као змија,уједа ме, ствара ситне ране, крварим помало, али сваки дан, сваки сат.

Изрекао сам све, или оно најпотребније. Све је стављено пред избор, могући и нежељени. Бекство заувек у које нисам поверовао или... збуњеност која ће се сакрити, и... догодило се. Догодило се да ме је врелина шчепала у леденој ноћи.

Знали смо да никада више не може бити исто. Никада више се не можемо претварати да је изговорено, да се родило. Ни изрази лица више не могу бити чедни, наивни или ледени. Мучна су била наша путовања. Иза сваке разузданости и сањарења, иза сваке бујице, сустизали би сумња, питања и нестајање. Враћали бисмо се дивљи, крали изгубљено време, сањарили и дивље распаљивали успавану зрелост. Храбрили бисмо једно друго говоривши да наши путеви нису стигли до краја. Говорили бисмо да је ово што чинимо испуњен живот, а да су животи које скривамо лаж.

Бивао сам све уморнији и болеснији. Празни дани и слутње су ме трошили. Плашио сам се, себе! И свршетка који сам назирао. Често бих видео лик који је могао бити ја и иза њега дан неки, који се не види. И речи сам чуо, болне, тешке и знао сам да ће се све ово, прегршт чудних догађаја, завршити трагично? Слику последњег призора нисам имао урезану у погледу, али...

Нестала је уз речи. Враћала се са речима. Будила је гнев. Поступци су били изван мисли, били су последњи отисак, прљаве руке на мом лицу.

(Само)уништење

Улица је слепа. Крај је, нема више одбеглих корака. Не постоји начин да се завара траг. И време је… Сенка додирује зид, додирује и одмиче: тражи ритам, убрзање, тражи да последњи додир буде снажан, прецизан и да не остане било шта иза последњег додира. Одуговлачи, одустаје, враћа се и…

Непрестано се чују лавеж бесног чопора и звецкање ланаца које вуку са собом. Избор или одбегла нада? Један додир, прави, бољи је него бити растрзан чељустима. Одбегли поглед који лута небом је лаж, и он је лаж! Промицање, скривање, живљење — то је сан, можда мора смештена у живописну празнину будне успаваности. За то време, месец се огледа у бари као да је из ње изникао и умива се. Колико дуго све то траје?

Страсти, обмане и слатке лажи

Небитно је време, сат, дан, година, доба... било шта, небитно је. Мартин је живео у угашеном дану, не сасвим несталом, али у дану ког се ни он баш најјасније није сећао. Тај дан је као огрлица око врата, тетовирани знак на телу, непостојеће сочиво у оку. Дан који путује кроз кише, вејавице, врелине, али не умире, живи као и он.

Мартиново лице било је изрезано, али он није био стар. Желео је да додирује ожиљке, само што их није било или су били невидљиви. Ретки су му говорили да не постоје и да је све само бесмислена жеља за крајем. Страсти је скривао док су обмане храниле његову душу. Сањао је уз музику лажи. Знао је да је то био дан који се пресликавао путујући.

Она. Она је само мало другачија. Упоређивао је пожутели папир сећања са привидом који је кружио око њега. Потврђивао је оно што је упоређивао, оно што не види или нејасно препознаје.

„Дечаче...", одзвањало је испуцалом врелом земљом. Крај је утањао у разјапљену земљу. Сунце је немилосрдно пржило и лепљиви зној се везивао за уморно тело. Дан је био „исти" као онај који путује као сенка. Лице се није видело, страст је буктала умирући... Обмана је горела и ширила ужарене кугле.

Киша је била слатка чежњива илузија.

И то (ни)је то

Јутро. Не, није јутро, тек треба да се пробуди и растера мрак. Пси луталице круже у чопорима у потрази и не виде ме. Виде ме, али презиру одбеглог бегунца. Ни мирис, ни страх не лепи им се за ноздрве. Бљутав је укус мене у њиховим чељустима.

Мрак је и није мрак. Раздањује се, али не видим отисак корака кад погледам испред себе. Отисак иза је испарио у ходу кроз ваздух. Посечени мрак разређеног парка и бледа светлост... И то (ни)је то. Јесте, није, није, јесте и таман сам потрошио време у бесмислици понављања појмова. Таман да празне мисли додирну врата.

Клизим низ степенице док ходам ка врху. Бол и олово су подједнако тешки док се пуштам до дна. То (ни)је то и узалудни су моја мисао и мој поглед...

Епизодиста

Време је истицало сасвим споро, али остајало га је све мање. Немарно и незаинтересовано, посматрао је сат који га опомиње, ругао се смешном мерачу живота, изазивао га и као да је желео да покаже да не мора све да буде онако како време и хистерични облици желе. Једном, а то је сада биће какво се не очекује. Неће отићи, „представа” ће бити одложена. Учиниће пакост и срушиће мали, лажљиви свет. Знао је да ће то урадити, само није говорио о томе.

Ружни мерач живота, откуцавао је своје. Узалуд, сан је угушио нарушену тишину. Сан је започео, трајао, крај се није назирао. Остављене жене, пороци, блуднице. Илузије ореола и горди падови... Будио се, зидова није било, само мека постеља пода, отворени прозори и ноћ која весело плеше. И распаднути мерач пролазности... И он који себе не види. И силно задовољство над којим је лебдео...

Укус лажног мириса

Скривена, сањала је, кад је разбуђена, мотри. Била је стрпљива и упорна. Могли су се низати не дани, већ месеци, године, она се није предавала. Сву разочараност и ватру је вешто скривала иза невидљивости. Била је стрпљива, вребала сваки покрет и никада није показивала разочарање.

Празнину је сакрила иза осмеха. Арогантна, ни најмањој слутњи се није предавала. Живела је са препуно горчине и очајањем којем нико није знао узрок. Била је сама у скривеном свету.

Мирис! Узалуд су погледи, глас и све остало, мирис је желела. Искористила је зимски дан како би прошетала кроз ватру и испунила смишљена лутања, речи и тишину који су јој годили. Ватра је била тиха и пријатна. Снови су били стварност, корак до облака, неба. Она је смањила број тих корака тог зимског дана.

Мирис! Узалуд је бујица речи која се претвара у модру реку. Мирис! Кофери су спаковани. Дуги, широки пут, светлост и решеност да прошета кроз капију краја дана... Мирис!

Укус лажног мириса и неизговорена подлост! Скривена, била је будна. Сан није долазио и очи су... Подеране спаваћице, ваљала се по поду. Дани нису постојали. Само је живео дан који предуго траје.

Анатомија безличног дана, бурних суицидних мисли и повратка безличном дану

Немир буди, тескоба стеже и дави. Вулкан речи и привида је утихнуо. Незадовољство је покорило игру како уморне ноге не би хитро претрчале даљине. Јутро се не буди. Иза планине није скривен дан, киша ће дуго и досадно падати. Ни умор не успављује, узалуд је као и сваки пут. Узалуд је, мада то не признаје.

Слике су суморне и вреле. Стварни призори и избори преваре. Уже није довољно чврсто и покидаће се, последња нит прекинуће се и тело ће, у буђењу уз јауке, бити мрља. Изгледаће смешно и јадно, а плес гамади весело ће га прескакати. Метак! Естетски промашај, унаказиће кожу. Оставиће врелу рупу која се шири. Слика иза биће мучна и прекривена. НЕ!

Вреле жице у леденој води? Можда. То је ледено сигурно. Хладно сурово и ужарено. Немир спава док је тескоба скривена и чека привид који се бори и оправдава пад. Док облаци гутају кишу, немир спава. Стварност гони и... Не, није тренутак, али безлични дан личи на себе.

Низ

Јесен је? Зима? Пролеће? Врелина пржи и дави. Постојим? Отварам и затварам очи. Жив сам? Узимам храну и гасим жеђ. Развучем лажни осмех... Тужан сам и бежим. Бесан сам и гневом „убијам". Беже од мене и шапућу да сам дивљак.

Не посматрам сат, знам да је између глувог доба и буђења. Будан сам. Можда спавам и сасвим је... Не желим јутро и нагло устајање, нећу да ходам кроз дан у најави. Умор ме обара, омамљује, предајем му се. Ужасан звук ме буди. Нећу! Али будан сам. Мерим пролазност и желим да мисли зауставе најезду. Скачем и признајем, поклекао сам. Воља ми је поражена и...

Мисли не призивам, саме се постројавају. Прва, друга... Четврта мисао штрчи, говори ми да морам бити ту и... Видим себе у тренутку који се још није одиграо. Тек ће. Нервозно шеткам и ишчекујем. Премор празнине ме успављује, уместо дугих корака, лењиво сањарим.

Крај је повратка и нећу скренути у другом правцу. Ту, на рачвању путева, ноге ће ме преварити и понети. Поглед преко левог рамена биће тужан и обесхрабрујући.

Низ...

Шетња

Храмајући, једва се вукао, корак по корак. Морао је, желео је, можда не... Тачније, био је приморан. Сва путовања је знао, али оно које је ишчекивао није се назирало. Укус празне горчине, једа и свега није набрајао у мислима. Знао је све и ништа није знао. Мирис избледеле жеље остао је у траговима, и поглед у силуету која клизи кроз таму. Једва чујни кораци постојања. Скоро да је заборавио последње бекство у непостојање. Тешко му је било да се сети заборављеног, избрисаног, недостижног.

Равни, широки пут који се губио у грабљењу аутомобила. Наслоњено лице које посматра и заборавља. Претрчано, незаустављено путовање и скривена успомена на додир. Не десном ногом, као да је покушавао да исправи згњечени кривудави правац. Лева нога, не десно скретање. Неееее! — скоро да је крикнуо. Река је споро живела својим током. Плитка и пуна муља. Сувише плитка за корак леве ноге. Дно се није видело испод муља. Отвор је затворен за путовање... до краја.

Дан када сам сахранио сан

Ходао сам тромо и са сасвим мало воље. Људи су ме сусретали и били су јако „љубазни". Неки су говорили да сам им драг и да им је бескрајно жао... Њихова лица уносила су се у врхове ципела, са жељом да ми буду блиски. Посматрали су моје очи наслоњени на бетон.

Претрчао сам или препузао године иглених погледа. Пролеће је почињало последњом игром лептира и мирисом влажне земље. Ја сам био балон. Котрљао сам се, понекад бих одскочио од тла, али враћао бих се брзо. Баш празни дани, не сећам их се. Тада бих помислио да је горе немогуће. Може, може, кикотао се он... Иза забринутог лица кључала је радост и гадост.

Побегао је, а ја сам остао. Бројао сам лишће које је споро падало у новембарској ноћи. Желео сам још мало влажног ветра, да ме разбуди до несна. Заборавио сам да је те вечери важна фудбалска утакмица и да морам да је гледам. Толико важна да сам је преспавао на покислој клупи.

Јутро сам започео прецртавањем дана. Десет корака до краја чинили су се као вечност. Заборавио сам, не сећам се те године, није постојала, избрисао сам је... На последњем кораку, удовица ми је весело махнула руком, шаљући ми пољупце испратила је последњи дан једног низа. Ћутала је између два замаха, две руке. Нестала је, вратила се. Мислим да је умрла у сну.

Плесачица је кружила око моје постеље. Плесом и песмом је пробудила тело из коме које је ходало ка врху. На претпоследњем кораку устао сам из живота и вратио се у смрт. А она, она је испарила.

Касним... Спровод је започео без лименог ковчега. А сан? Он не може бити сахрањен?

Траг празних мисли

Виктор је завршио, осећао се празно. Осећао је и некакво задовољство, али... Виктор је био између смрти и живота, више мртво жив него живо мртав. Виктор је... Осећао је олакшање. Из себе је расуо покупљен и предуго чуван отров. Мржњу, невидљиву, осећао је снажно. Из отровних погледа једом је убијала тачкице његовог тела. А он, исклесао је освету на уснама. Слатки отров, грандиозни споменик невидљивости. Осећао се суморно усамљен и одбачен. Био је све и ништа.

Избрисао је све. Ничега се није сећао и најзад, ништа није желео. Оковано је слободан. Ишчекивање није горело у њему. Жеље су сасвим угашене. Није га брига за следећи дан. Себи шапуће у поверењу да је крај надања. Ослобођење је заувек. Све изгубљено покопано је у гроб снова. Све победе нестале су у лету кроз таму...

„Била сам невидљива и скоро да сам те додирнула.”

„Када? Тај сусрет се није догодио.”

„Надахнут и сигуран у себе, покорио си пролеће. Сви су немо слушали тишину. Само твој глас је нарушавао ритам тишине.”

„Не сећам се те вечери.”

„Погледај доказ. Чувам га.”

Виктор је ћутао на себи својствен начин.

„Рекла сам да ћу доћи, невидљива. Ниси веровао, мислио си да је немогуће. Видиш, срушила сам твоје мрачне сумње.”

У 11.07 или у 18.03 по навици

Научио је брзо да усклади ритам живљења не убрзавајући и не успоравајући. Све може бити складно. Све може бити избрисано. Зачудо, успаваном ходачу кроз празнину је све пријало. Осетио се жив баш када је посумњао да ће свему ускоро крај.

Плесачица танга је убрзала ритам. Спори плес чулним додирима недодира, претворила је у ход. Ход је постао лет, али био је заувек спори страствени плес. Мирисно чулан и једва осетан. У ходу до сунца, скривао се у сенци. Кише није било да угаси страст, само ветра који је распалио врелину. Лице је исклесано у камену. Скоро мртво, ужарених очију. Скупљене под врелином јаре или раширене у капима облака. Плачни смех и хладна врелина покретали су немир. Кораци плесачице која спава ритмично су будили сенку у ходу без покрета. Очи сенке су ослушкивале ритам.

Увек у 11.07.

Немир је прикривен. Ужареност је мокра и сати споро пролазе. Ишчекивање последњег одбројавања је вечност. Крај је попут смрти, сигурног исхода. Сенка се искрада, кружи и одбројава. Зна да је то немоћни израз жеље, али сваки пут поверује у магију мисли. Минути су вечност... Али глас се буди и лет поново почиње.

Увек у 18.03.

Тада време постаје спора смрт која све опустоши. Између, све нестаје и све је избрисано. Није 18.03. Много пре је... није или јесте?

11.07. Јесте, али сунце залази, скоро да је заспало.

Пробуђени сан

Виктор је био сасвим миран. Уживао је у погледу који је некуда одлутао. Осећао је задовољство, мир и испуњеност. Ниједно стање које је увек његов израз или облик, први пут се тако осећао. Није ни погледао леву руку, само је меким додиром врхова прстију осећао папир. Чист, пожутели папир на којем је била исписана кратка, помало нејасна порука. Ненарушена, нетакнута, слова су од првог тренутка истим сјајем сијала. Иако давно писана, нису упрљана и размазана нервозним капима прстију.

У јануарској хладној ноћи, широм отворених очију је заспао. Врело будан, започео је сан. Догодило би се изненада да не спава, речи би га разбудиле попут јутарњег мраза, али убрзо би га успавале. Тако будан, понирао је у дубок сан.

Буђење раног пролећа учинило је будни сан чвршћим. Привид је клизио речима и само ретко, догодило би се буђење. Убрзо би заспао. Привид је био снажнији, сан чвршћи, а он...

Четврти, дуги дан био је лепљив, сладуњав и сасвим клизав, урезан у кожу, низ делића, слика без речи. На ужарености сунчаног јутра остављени су трагови. Прекинути сан, више њих и... Пробудиле су га слике-речи, успавале су га слике-речи и ништа, сан је настављен. Јак мирис неподношљиве врелине сном је пробудио сан. Свет настао буђењем, свет опажен првим погледом био је исти или... Сигуран је да је истекло време, да је пропустио празан ход. Али, колико времена? Клизећи кроз разбуђеност, очи је наслонио на прозорско окно и планина које се сећао чинила се смањена. Сунце је било у гашењу и последња врелина дана плесала је испред. Скоро да се није видео облик.

Ноћ коју је сачувао у погледу није постојала. Таква ноћ није могла створити дан. Овај дан, који опажа и упија његове мирисе, није се могао родити из промрзле модре ноћи. Збуњен је, оно што је понео са собом није било...

Меким додиром прстију, сасвим је разбудио себе. Избрисао је прашину са корица отворене књиге која је скривала страницу прекинутог путовања. Није погледао границу прекинутог и чинило се да није ни важно.

Виктор се осећао пријатно. Израз лица који није видео, говорио је да није ниједан пређашњи облик њега. Папир је згужвао. Руку је провукао кроз празнину и вратио је назад. Длан је био празан. Вече је мирисало на јутро, пробуђено и са надом. Време је да крене.

Један прави разлог и(ли) избор

Јутро. Нешто између. Вече. Заокружен, испуњен дан и... Месец. Година. Године. Заборављени разлози, оправдања, измишљен крај и призвана радост. Разлози или само један. Патетично оправдање или недостатак свега. Јутро, пресликано, идентичним погледом прострељено гашење ноћи. Само облик који остаје у погледу, призор је повремено другачији. Разлог је...?

Нешто између, прогутано у промицању и окончано на прелазу између. Неприметно, уобичајено, по навици, део ко зна чега. Вече, угашено и скривено. Игра скривања таме и сенке. Свако у свом кутку ишчекује исход, а он је сан сенке. Призор није врелина која испарава. Нестао је. Изрезано огледало, тло у одсјају и само се назире у црвеном месецу.

Заостала натопљена земља није бара. Сенка се не огледа у њој. Окови исцртавају бол. Стежу крв и остављају модре трагове. Разлог је призор, избор... Избор? (Не) постоји, (не) види се...

Избор?

Потпуно јасна загонетка

Заборавио је на сат, требало је искључити звоно. Недеља је, сетио се да никуда неће отићи... Одложиће и свој одлазак за неку другу прилику. Окренуо се на леву страну, сударио поглед са зидом и заспао.

Поспан, бријао је лице и близу је краја рутине сваког другог дана. Хладном водом на длановима додирује лице. Тек трећим, бржим додиром, трља лице јаче, већом количином воде запљускује лице и буди себе за наставак сна. Испија бљутави хладни гутљај наталожене кафе и оставља шољицу. Лицем на десној страни посматра искрзали врх јастука. Заспао је.

Мрак је и јутро није разбуђено. Не види слова, али чита и изразом лица исказује бес и тврдоглавост у настојању да се докопа наредне странице. Нешто говори, можда и псовке клизе са усана. Не види се! Завршио је страницу? Сигурно јесте, глава је клонула на сто.

Није љут и хитро се облачи. Чини се да се назире и осмех испод десног ока. Сат га није насилно пробудио и данас ће отићи. Већ је напољу и нестаје у погледу. Отпад илузија отвара се касније. Недеља је и неколико сати сна сенкама значи. Он неће чекати, прескочиће ограду на начетом месту и ушетаће. Неће чекати.

Заслепљује га светлост, али... Одраз је у осушеном блату и узеће га. Комад одломљеног стакла, неко бачено огледало — уклоњено да несрећа оде. Види... Два различита ока утиснута... То је...

Четрдесети дан, ноћ, тренутак, вечност

Дан четрдесети? Не, не постоји време. То чега се сећам, то је лепљива прашина коју сам стресао са дланова, привид мисли. Да, носио сам терет времена и кофер одбачених ствари који је нестао. Дан је... не, не постоји време, то само сањам и мерим немерљиво и бесконачно.

Не памти дечји поглед, све је магловито и нејасно. А сећа се, сећа се и сваки поглед из утробе препричаће, и боје, предмете, људе — осликаће речима. Забрањено воће, бекства, искрадања, лутања... Невини греси, младост која развеје прашину у ветар. Зло је невино и незвани гост, прекорачило је праг срца и успављује, буди, успављује, не да сан. Гони и убрзава, везује очи, окамени срце, подли поглед упери и заледи.

Смрт није смрт, али снажно је закуцала на врата. Звук страха разлива се, први је пут? И бежи, од жетве бежи, оставља класја да иструле без мириса натопљена сивим капима. Стаклени глас и кикот иза магле. Смрт се не шали, одјекују ударци о нагризла врата. Пошто нико не реагује на ударце, одлази невољно јер схвата да није час за нестајање. Време није избројано и пешчани сат је препун и не цури.

Гадости из ума клизе и распршују отров. Прсти хитро исписују увреде... И лаж је да је постојала... Није то била исконска, била је врела страст, љубави ни трага. Гадост рођена из презира и игре, гадост која је прострелила варљиве зенице. Гадост!

Дан је...? Дао би све да време не постоји, али постојало је. Гадост, последњи терет преваге на тасу?

Ледена врелина

Она је... Ништа. Она је велико ништа. Прозирна сенка која траје и бледи. Постоји, али као избледели облик прозирности. Поглед јој је воден, на граници понижења. Она је трајање које ће потезом нестати.

Изломљено огледало или она? У судару погледа, шта је стварно? Ко постоји и ко је даље од краја? Сузе додирују изгребано стакло, клизе низ црвљиви рам. Ум не признаје, али она види и (не) зна...

Последњи звук лабудове песме, последња игра лептира, последња уклоњена суза испод осмеха... Последња лаж која плови и успављује. Успела је да пробуди осмех и откључа зарђали оклоп скривености. Она несигурно плеше, игра се и радосно је врела. Уплаши се, нестане. Господар сенки пролази кроз њу и ишчили у измаглици, засија у јутру, слива се као капи са лишћа и ту је. Скрива се у оклопу, хода по зиду, тихо куца на врата којих нема... Поквати исцепану постељу и нестане.

Погледала би себе, али огледало је разбијено. Године несреће и сујеверја започињу. Плаче и страх је јер осећа да се господар сенки враћа након својих лутања. Међутим, сенка је нестала јер је заборав надјачао будност, али прозирно време ипак невидљиво тече. Страх је жив. Пред леденом врелином, прозирност се повија и све теже постоји.

Парадокс, смејурија и трагично ругање

Јака светлост сијалице исијавала је мрак из пода. Стојећи чврсто и усправно, В. је спавао. Немирним сном је додиривао обе стране ваздуха који је кружио око њега. Са десне стране, лице му је нажуљао грумен каменог ваздуха и терао га да изабере леву страну мекшег сневања. Откинуо би делић сна додирујући меки јастук струјања летње ноћи. Али, уживање у сну гонило је немир да промени страну.

Одморан и наспаван, гмизао је као змија. Блатом је умивао лице и са осмехом уживао у изразу сопствености. Рам огледала враћао је назад осмех, прелеп осмех разбијених комада цигли. Старе, подеране патике навукао је на руке и потрчао клизећи низ степениште. Бара је испуштала прве јутарње зраке, а босе ноге ходале су по сунцу. Ретки пролазници су споро јурили ка јутарњем мраку, клизили су кроз летњи снег и... Злобни би нагазили његове прсте уживајући у јауку. Ритуал среће за крај дана који се будио.

Окована тишина

В. ћути. В. угашено ћути и ситне капи у мраку су предах. Поглед и глас не допиру ни до прве баре коју мимоилазе капи. Мисли не постоје, чак ни оне раздражљиве, несигурне. Не постоји жеља да се додирне и замисли дан који ће живети иза кишне вечери. В. је оковао тишину. Бес је постао равна линија живота. Жеље су испариле, а скривена ватра је пепео.

В. језиво ћути и страх обузима простор, остатак ноћи и неживе призоре. У мутном погледу, који усмери кроз видљивост, клизи равнодушност. Заустави се и нестане. Ћути. Пред тишином, мрак се повлачи, оставља бледе трагове и страх. Моћни призор успаваности, клонулости је довољан да мрак крене у бег. Завера празног ума почистила је заштитника завера, крадљивца живота.

Иза се не види, не назире, не постоји...

Крај ишчекивања

Безизражајно лице В. приљубљено уз прозорско окно посматрало је плес капи у бари прекривеној сумраком. Он је замишљао себе као капи или као плитку бару, острво у испуцалом асфалту. Могао је бити и капи и... Осмехнуо се сопственој бесмислици као да први пут кроз ум провлачи неку бесмислену, глупу паралелу и себе претвара у нешто.

У ноћи смрзлих пахуља, сећао се, приближавало се и удаљавало лице. Довољно далеко, сасвим нестварно близу. Мирис вина и укус страсти се осећао. Брзо би нестао, још брже враћао и испуњавао простор. Мирис његове промрзле коже био је мирис вина, парфема, мирис дивље опијености и хладне удаљености. Само једна варка? Нека отргнута, слична ноћ! Игра није игра. Игра је озбиљно пробуђена ватра. Воли горке речи, скривене у слатком укусу. Ужива у мирису омамљености. Воли...

„Никада неће стићи одговор”, буди себе речима.

„Једна илузија је сахрањена у корпу за смеће. А ја знам и не желим да признам. И најгоре од свега, из дана у дан храним себе да...”

„Ни слика бледог лица не кружи. Мирис пијане омаме и смрзлих пахуља... Ни друге стране илузије нема. Ја, између два краја илузије, у ишчекивању. Између два супротна надања, две неповезаности, два смисла бесмисла. У ишчекивању.”

Ципела је чврсто згазила први траг. Смрзла бара, капи претворене у ледене иглице.

„Могао бих бити...", осмехну се себи. Није први пут да кроз ум провлачи бесмислицу. Можда бесмислена, празна мисао постане...

У ишчекивању.

Садашњи тренутак будуће прошлости

Осећао сам непријатан поглед, зурење у моју леву страну лица. Ћутао сам бесно, узаврело, али нисам реаговао. Лупкајући прстима по шанку у такту немирног погледа, путовао сам огромним огледалом. Лажем, повремено бих покушао да препознам лик, али нисам успевао. Скривао се иза нејасног полумрака и облака дуванског дима.

„Ти си онај велики дечак из сна? Или онај замагљеног лица у оној кафани где...”

Неке реченице су струјале, нејасне, збуњујуће, а нико их није изговарао. Најзад, окренуо сам се и никога није било. Сумњичаво сам уштинуо руку, ваљда желећи да потврдим да постојим, сада, у овом димном и празном тренутку и да у огледалу не видим ниједан облик. Да, то је тренутак, наставиће се, потрајаће и, најзад, када ми досада дотакне око нестаћу.

„Постојим. Не прави се невешт. Постојиш и ти, ма колико то не желим. Видела сам те у петој години будућег времена. Озбиљан као увек, старији, а млад, прави велики дечак и сетим се...”

„Молим?!”, трзнуо сам се.

„Хтели сте још једно пиће?”, љубазно ме упита шанкер.

„Не, овај да, још једно.”

Лаконски сам одговорио скривајући збуњеност.

„Ходала сам лагано кроз ту годину која се још није родила. Сећала се, причала цвећу, дрвећу... И пронађох те. То је садашњи тренутак прошлог лета. Да, било је врело лето, баш тешко. Тога се сећам, а не памтим ништа друго. И нисам била изненађена што те видим. Нисам опазила да те нема јер сваки дан смо се сусретали, осмехнули се једно другом и...”

Скривао сам поглед од шанкера који је повремено гледао у мом правцу. Јасно сам видео, он је ту и никога више нема.

„Фајронт је?”

„Можете попити још једно пиће, па...”

„Не хвала, било је довољно за вечерас, време је.”

„Идеш? Који је ово пут да се искрадеш и нестанеш? Нећу се наљутити.” Оштар ваздух будио је моју уснулост. Мирно сам корачао, до првог угла, онда ћу...

Прозирне мисли и продужена празнина

В. је полусном пловио кроз зимски дан. Будни део њега брзо би заспао у сусрету погледа и занемарио би оно што „мора” правдајући се да има времена. Светла страна лица под бледом светлошћу путовала би до наредног сата или? Скривена страна лица немирно је додиривала зид. Сударала се, бежала од њега, али знала је, времена је тако мало и ако не приведе крају крај је.

Отворено уморно око мерило је густо нанизане редове. Испод повеза будног ока буктао је бес и ширио се дим љутине. Непокретна рука додиривала је главу будећи је, а немирни прсти друге руке успављивали су будност. Исписивали су слова, времена има, ноћ је тек започела. Прозирне мисли издужиле су празнину која је остављала нагореле трагове. Ноћ је тек започела путовање.

Сужени дан

В. се враћао и одлазио. У његовом погледу остала је покисла и лишћем засута стаза. Ништа необично, само се чинила ужа, кривудавија и сасвим кратка. То му се није чинило до пре само неколико дана, али данас... Разлог томе пронашао је у облачном рађању вечери, стегнутом погледу. Изразом лица отпусти сумњу, али није имао мира. Можда је разлог томе ленчарење. Мислима, залутао је даље, у ход крај реке пре него што је клизавим корацима дотакао стазу.

„Река се смањила? Некако ми је... Од обале до обале, као да је могу без муке прескочити, а пре неколико дана била је... Не привиђа ми се, стварно, то је истина!? И, ма нећу даље. Уплашићу и збунити себе, није потребан немир.”

Будан, посматрао је ноћ. Чинило се да је ноћ препливала море окупано месечином. Нешто у њему говорило је да је прерано за гашење ноћи.

„Ноћ би требала да траје. Зашто овако брзо избледи, нестаје? Поспан сам, мада будан и осећам да је тако. Пре неколико дана, она је трајала, била је дуга по мери тренутка, а сада... Чудно. Почињем да се осећам збуњено.”

Промрзло сунце додиривало је лице. Будило је... Дан је увелико корачао.

Празна, уоквирена тама у раму

Једно лутање је било судбоносно. Показаће време, или је све плод искривљене маште. Упрљана, размазана светлост, хладни, горди поглед посустао је и дотакао је привид-стварност. Снежни призор непрегледне ограничености сјајио је у огледалу зубатог сунца. Ехо није одјекивао, тишина је спавала и све је било ишчекивање. Крај десне усне отиснуо је једва видљив знак, као да се лед отапа. И глас, као уздах, кренуо би у сусрет недоумицама. Премишљање? Ћутање? Одустајање... Још једном.

Прелазак плитке реке, влажна стопала и осмех.

„Мирис ме омамио. Мирис коже, још непотпун, и то лутање погледа. Хладно ти је лик отиснут, али слутим да ватру скриваш. Никада нисам помислила да ћу ово рећи, а говорим и...”

Он је ту, она је ту, али не осмехује се, не ликује. Ћути, погледом не одговара.

„Рекох... Ледена ватра, али ослушкујем и немир прстију видим...”

„Добро дошла!”

Искрала се из огледала, закорачила и убрзо побегла. Поглед је врео, или врелина топи поглед? И ватрено сунце се гаси, он немир скрива и ишчекује. Ћутање, гордост је избрисана. Гордост се родила. Корак је клизио у огледало. Бекство је скривано и чекао се тренутак... Прстима је исцртао оквир који је испунила празна тама. Он, дивио се свом ремек делу. Није знао да зна да је ремек дело носио на празним рукама.

| 162 |

У ОДЈЕЦИМА СЕЋАЊА, ОТРГНУТИХ ОД БЕСМИСЛА

Гордана Опалић

Понирати у најдаље пределе сопствене душе и тражити у њима спас од бесмисла данас можемо тумачити на најразличитије начине. Можемо за таквог човека рећи да је утописта, сањар који унутар сопственог бивствовања покушава да се сакрије од окрутне и бездушне реалности, или, пак, можемо за таквог човека рећи да је дубоко повређен и разочаран светом који га окружује одлучио да се у самом себи сакрије. И да траје. Да траје, преиспитујући сопствени мрак, кушајући сопствени страх, живећи сопствени бесмисао.

Читајући *Минијатуре* Владимира Радовановића, закорачићемо у свет човека који је у себи заточен и који у свом свету, сатканом од емоција које други не разумеју, а које ни сам приповедач често не разуме, покушава да нађе пут из бесмисла, из мрака и опсена које се око њега свијају, често претећи, режећи као чопор паса који за собом вуку своје ланце као у цртици *(Само)уништење*. Ако боље размислимо, свако од нас кроз живот вуче своје ланце и питање је само како се тих ланаца ослободити и да ли се човек може ослободити тих ланаца који га вежу за живот, за прошлост, за речи, за другог човека или за себе самог?

Најчешћи мотиви — сећање, речи, мисао, празнина, немир, мрак непрестано се понављају и варирају, бојећи ову збирку тамним бојама. Али упркос мраку који из сваке реченице исијава, аутор се не предаје, не посустаје, не савија се пред лажним моралисањем, пред путеношћу која заводи, пред безликом и безименом женом која је ту да га подсети на слабост, на пораз, на изгубљено и никад пронађено време. Налази се увек на корак од одустајања, на корак од очаја који га може повући у бездан, у бесмисао, али се он увек отрже.

„Мисли не призивам, саме се постројавају. Прва, друга... Четврта мисао штрчи, говори ми да морам бити ту и... Видим себе у тренутку који се још није одиграо. Тек ће. Нервозно шеткам и ишчекујем. Премор празнине ме успављује, уместо дугих корака, лењиво сањарим.

Крај је повратка и нећу скренути у другом правцу. Ту, на рачвању путева, ноге ће ме преварити и понети. Поглед преко левог рамена биће тужан и обесхрабрујући.

Низ...” *(Низ)*

Анализирајући и разлажући своје емоције на најситније могуће делове, готово хируршки секцирајући сопствену душу, аутор неретко приповедање препушта свом алтерегу — Виктору. Све оне негативне емоције које носимо у себи, којих се неретко и сами ужасавамо и покушавамо да их сахранимо у несвесни део наше душе, Виктор показује свету и суочава их са постојањем једноставно, лако, природно.

„Виктор је завршио, осећао се празно. Осећао је и некакво задовољство, али... Виктор је био између смрти и живота, више мртво жив него живо мртав. Виктор је... Осећао је олакшање. Из себе је расуо покупљен и предуго чуван отров. Мржњу, невидљиву, осећао је снажно. Из отровних погледа једом је убијала тачкице његовог тела. А он, исклесао је освету на уснама. Слатки отров, грандиозни споменик невидљивости. Осећао се суморно усамљен и одбачен. Био је све и ништа.” *(Траг празних мисли)*

У дискусији са својим мислима, са собом, без икаквих брана и стега, дознајемо да је човек празнина која пулсира и тражи да буде попуњена макар чиме. Јер у празнини нестаје све, све губи границе, осипа се и постаје бесмисао. А бесмисао је нешто што Радовановића ужасава, јер човека своди на ништавило и потире му постајање.

„В. језиво ћути и страх обузима простор, остатак ноћи и неживе призоре. У мутном погледу, који усмери кроз видљивост, клизи равнодушност. Заустави се и нестане. Ћути. Пред тишином, мрак се повлачи, оставља бледе трагове и страх. Моћни призор успаваности, клонулости је довољан да мрак крене у бег. Завера празног ума почистила је заштитника завера, крадљивца живота.” *(Окована тишина)*

Минијатуре су посве другачије дело од свега што сам досад читала по јачини емоција и њиховом црнилу које вас обавија лако и неосетно, а клизи као плиш. Жанровски такође занимљиво и другачије. *Минијатуре* су и цртице и песме у прози. Оне причају причу о емоцијама, о мраку који се у свакоме од нас крије, о равнодушности која овај свет лагано уводи у бесмисао, причају причу о човеку који се са тим мраком свакодневно рве и у тој борби херојски и стоички истрајава. Оне причају прошлост једног човека који виси на литици и бори се да опстане јер га пад с те литице води директно у будућност коју овај човек не жели да спозна, јер ни у садашњости не уме да постоји.

Минијатуре су прича о свима нама када без маски станемо пред огледало и пустимо мрак који у себи држимо заточен јер с њим не бисмо могли да се међу људима крећемо, не бисмо могли са људима да трајемо и да се у том трајању не претворимо у неког другог, неког ко би можда лакше своје лице носио кроз живот, али ко би био само химера, привиђење или илузија.

„Ни слика бледог лица не кружи. Мирис пијане омаме и смрзлих пахуља... Ни друге стране илузије нема. Ја, између два краја илузије, у ишчекивању. Између два супротна надања, две неповезаности, два смисла бесмисла. У ишчекивању.” *(Крај ишчекивања)*

Кад престанемо да чекамо, кад престанемо да сањамо, шта се деси са човеком?

Нестане у одјецима сећања, отргнутих од бесмисла.

Владимир Радовановић рођен је 22. априла 1964. године у Чачку, где и живи. Члан је Удружења књижевника Србије од септембра 2020. Представник је књижевног правца депресивизма. До сада је објавио пет књига кратких прича и два романа.

За себе каже да је као писац глас невидљивих и да осмишљава бесмисао.

САДРЖАЈ

Владимир Радовановић
ЕУФОРИЈА И ПАД КИШНИХ КАПИ
~
МИНИЈАТУРЕ

Лондон, 2023

Издавач
Globland Books
27 Old Gloucester Street
London, WC1N 3AX
United Kingdom
www.globlandbooks.com
info@globlandbooks.com

Насловна фотографија
natsuki
(https://unsplash.com/photos/close-up-photography-of-rain-drops-4DsowKunk84)